情の力

日本人のこころ抄

五木寛之

講談社

まえがきにかえて
――未知の日本へ旅立つ前に――

いま、私たち日本人のこころの状態は、未曾有《みぞう》の砂漠化が進んでいるように見うけられる。

現在のアフガンの荒廃した土地も、むかしから砂礫《されき》の地ではなかった。そこは美しい瑠《る》璃玉《りだま》アザミや野生の花が丘に咲きみだれ、枝もたわわに果実がみのる豊かな桃源郷《とうげんきょう》だったのである。

私をふくめて日本人のこころの砂漠も、かつては、ほとばしる清冽《せいれつ》な水と、篤《あつ》い信仰心と、庶民大衆の自由独立の気風がみなぎる熱い列島だったはずだ。この国は未知のワンダーランドなのである。

もちろんかつては前近代的な遺風《いふう》が人びとをしばりつけていただろう。封建的な社会制度に苦しめられる民衆も、決して少なくはなかったはずだ。平均寿命も短く、教育や福祉も普及してはいなかっただろう。

しかし、それでもなお私たちが歴史の教科書から教えられることがなかった、本来の日本人の、いきいきとした暮らしと精神が、そこかしこに土中の貴石《きせき》のようにキラキラ光って見えるのである。

講談社から刊行された『日本人のこころ』シリーズ全六巻の仕事は、そのような現代の私たちが見失っている日本人の素晴らしい魂の原郷《げんきょう》を足でたずね、それを多くの人びとに紹介することが目的だった。

その旅のなかで、私はなんど天をあおいで感嘆《かんたん》し、胸を叩《たた》いてため息をついたことだっただろう。

九州の「隠れ念仏」も、東北の「隠し念仏」も、広島の「家船《えぶね》」や「サンカ」の存在も、大阪の寺内町《じないまち》や、京都の前衛性や、差別制度の王城《おうじょう》としての江戸・東京も、加賀《かが》の宗教コンミューンの歴史も、すべてが私たちの踏み入ることのない日本人の魂の、輝くばかりの原風景であった。

私たちは本当の日本を知らない。かつてのみずみずしい日本人の暮らしを知らない。いや、知らされてこなかったのかもしれない。

全六巻のシリーズをとおして、私はこれまで知らなかった、見えない国のすがたを描いたつもりだ。しかし、その広大な未知の国を旅するためには、チチェローネ（水先案内人）が必要であるような気がする。

この『日本人のこころ抄《しょう》――情の力』は、地図のない旅へ出発しようとする読者への、つつましいガイドブックでもある。リーダーではなくナビゲーターとして、というのが私の年来の変わらぬ夢であった。蓮如《れんにょ》は言っているではないか。「人は軽《かろ》きがよき」と。本も「軽き」が重要なのだ。

この「抄」を踏み台にして、『日本人のこころ』全体を遍歴《へんれき》することになるだろう未知の読者のかたがたに、あらためて旅立ちの合図と挨拶を送らせていただく。

どうぞ良い旅を！

著者

情の力　もくじ

装幀　三村　淳
装画　五木玲子
構成　黒岩比佐子

日本人のこころ抄

情の力

1　上半身が愛で下半身は情である

いまの日本人に大切なのは「情」ではないか。

この一年くらい、私はくり返しこう書きつづけてきました。「情」は「こころ」です。情が欠けているというのは、すなわちこころが乾《かわ》いてひからびていることなのです。

だから、「愛」ではなく「愛情」のほうが大事だし、「友」よりも「友情」が大事。「熱」よりも「情熱」が大事だ、というふうに言っているわけです。

たとえば、このごろの若い人たちは、「メル友」とかいってEメールのアドレスや携帯電話の番号をたくさん集めているらしい。けれども、本当に大事なのはそういう「友」ではなくて、少数ではあっても深い絆《きずな》で結ばれた仲間との「友情」ではないのでしょうか。

あるいは、あの男は仕事に「熱」があるとかいうけれども、それよりもっと大事なのは「情熱」だと思う。いくら「感性」が良くても、それだけでなく「情感」を持っていることが大事でしょう。これらはすべて、私なりの批評をこめた言葉のつもりです。

情が欠けた人間関係は乾いてバラバラになってしまっている。若い人たちがみんな一所懸命にEメールや携帯電話に熱中するのは、孤立感がひどいからだろうと思います。自分はひとりではない、と思いたいのでしょう。しかし、肉声というものが非常に大事なのに、相手と顔を合わせて話すのはしんどいから、近くにいながら携帯電話で話す。携帯電話でしゃべるのも肉声っぽいからメールにする、という意識になってきている。そうすると、人間嫌いというものがどんどん高じていくのではないでしょうか。

買い物するときも、他人と話すのが煩《わずら》わしいので、なるべく自動販売機で買ってすませてしまう。医師は患者の顔を見たり雑談したりせずに、検査の数値ばかりを見る。そういう状態では、世の中がますます歪《ゆが》んでいくばかりだと思えてなりません。

なぜ「愛」ではなく「愛情」が大事なのか。「愛」というのは知的なものであり、ヒューマニスティックなものです。たとえば、相手を差別するこころなどを、それはいけないことだ、と頭で考えて乗り越えていくような感覚です。それに対して「情」は頭で考えるのではなく、本能的に相手を抱きしめずにはいられないという気持ちだと思う。だから、「愛」と「情」が結びついた「愛情」が大事なのです。

理性的な「愛」というのは上半身ですが、本能的な「情」はいわば下半身でしょう。その上半身と下半身が一体になって、全人間的な感情としての「愛情」になる。「情」という言葉、つまり「こころ」が付くことによって、適度な湿度と重さが加わるのです。

2 涙がぽろぽろあふれ出るような感情を失いたくない

私はあえて「情」とか「ルサンチマン」という言葉を使っています。最近は「人情」という言葉も古くさいといわれて、「人情話」とか「義理人情」というように使われるくらいでしょう。でも、そういう言葉も、もう一度ふり返ってみる必要があるという気がするのです。「情緒」や「情感」という言葉も同じです。

いま、人間は感情が涸《か》れていると思う。五感の感覚とか感性は非常に優れていても、やはりそれ以上に大切なのは情ではないか。しかし、いまは「感情」という言葉でさえ、「あの人は感情的な人だ」とマイナスの意味で使われることが多い。なぜ人間が感情的でいけないのでしょう。感覚と情念の二つが重なって、はじめて感情になるのです。悲しいときは泣き、涙がぽろぽろとあふれ出るようなこころのみずみずしさを失いたくないと思うのは、私ひとりでしょうか。

しかし、戦後の民主主義の学者だけでなく、現在の学者たちもみな、ルサンチマンや情念の流出ということを警戒しています。二十世紀という戦争の世紀に、ヒトラーとかムッソリーニとか、いまから見るととんでもない人たちが出現した。しかも当時、あれだけの強大な力を持ちえたのです。彼らが世界をひっくり返し、全人類を戦争に巻きこんだということを考えれば、ルサンチマンや情念は危険なものだと思うのは当たり前でしょう。

ですから、そういう無制限な情念の氾濫《はんらん》というものは、もう絶対にくり返すべきではない。ただし、戦後、危険だからといってそうしたものを遠ざけてきたことから、私たちは大事なものまでも失ってしまったという気もするのです。やはり人間は豊かな感情を、みずみずしいこころを涸らしてはいけないと思うのです。

いまの日本の仏教や既存教団に欠けているものも情ではないか。これが正しい信仰の理論であるということよりも、人間的感情というものをもっと大切にすべきではないのか。私にはそう思えてしかたがありません。

そうすると、どうしても蓮如《れんにょ》という人に目がいってしまうのです。親鸞《しんらん》は知性の人、蓮如は情の人。もちろん、はっきりそうやってわけてしまうのはおかしいですし、二人ともその両方を持っています。でも、親鸞の信仰の論理には強靭《きょうじん》なものがありますし、蓮如の人間に対する情感というか宗教的情念というものは、とても色濃いものがある。

私はふっと思ったりするのです。蓮如が言っていたのは、人間的感情をもっと大切にしよう、ということだったのだろうな、と。

3　こころがカラカラに乾燥してきた

「情」という字が使われる機会が、最近は目に見えて減っているような気がします。それも無理はないのでしょう。「情」というのは湿《しめ》っています。「人情」とか「情緒」といった言葉が示す通り、ドライではない。

そのため、「お涙頂戴《ちょうだい》」とか、メロドラマとか、新派や演歌や浪曲《ろうきょく》などの世界のもの、と思われているようです。実際にこの戦後五十数年、こうしたものは古くさくて唾棄《だき》すべきもののように扱われてきました。

それればかりではありません。いろいろなものが「湿式《しっしき》」から「乾式《かんしき》」へ、ウェットからドライへと転換してきたのが戦後の歴史です。

戦前のベタベタとした家族制度や義理人情のしがらみに、日本人はさんざん泣かされてきた。そのため、戦後は一転して、情に流されるのはよくない、人間は冷静で理性的で合理的でなければいけない、ということになったのでした。

日本人はこの温順な風土に生きながら、ドライな人間関係や社会をめざしてきた。まるで濡《ぬ》れタオルにドライヤーの風を当てるようにして、こころと社会を乾《かわ》かしてきたのです。

しかし、そうやってドライヤーの風を五十数年間も当てつづけた結果はどうなったでしょうか。そのなかで、家庭も乾式の家庭になり、教育も乾式の教育になり、企業も乾式の経営になっていった。人間のこころというものがカラカラに乾燥しきって、いまやひび割れかかっているようにも思えます。

最近、出生率がさらに下がって一・三三と史上最低を更新したというニュースを聞きました。それも、家庭から情が欠如してしまったということではないでしょうか。家族の根本は情です。そこから情が排除されていくと、子供はいらない、少なくていい、というふうになる。少なく産むというのは知的なことです。多く産むというのは非常に情念的なことです。近代は知の時代でした。情は知の反対のものとして蔑視《べっし》されてきたのです。

「活《い》き活き」とか「活力」「生活」「活性化」「復活」といった言葉にはみな「活」という文字が使われています。「活」はサンズイに舌と書く。乾いた舌の上に水を注ぐことは、命をよみがえらせることでもある。私たちは乾ききった砂漠のようなこころに、オアシスの清冽《せいれつ》な水を引く必要があるのではないでしょうか。

いまこそ失われた情を回復し、みずみずしいこころと命と社会を取り戻さなければいけないと思えてならないのです。

4 乾式《かんしき》工法でつくられた建物は〝呼吸〟をしない

戦後、日本人のこころが乾《かわ》いてしまったのは、湿《しめ》った情をきらって、強力なドライヤーを当てつづけてきたからです。そのためにカラカラになって、いまやひび割れかかっている。しかし、そうなることは近代化の宿命のひとつでもあります。

建築家のかたによれば、戦後の五十数年間というのは建築現場において湿式《しつしき》工法から乾《かん》式《しき》工法への大転換の時代だったそうです。

湿式工法というのは、工事現場で水を多用する工法のことです。昔はコンクリートにしても壁土にしても、工事現場で水をジャブジャブと注いで、こねてつくっていました。

しかし、最近の乾式工法ではそんなことはしません。あらかじめ工場で生産した板状の建材を鋲《びょう》でとめたり接着剤でくっつけたりして、骨組みに組みこんでいく。その上に壁紙を張ったり、ガラスやプラスチックを多用するので、現場では水をいっさい使いません。すでに、最近は工事の九割九分までが乾式工法で行われているという。

乾式工法でつくられた建物というのは〝呼吸〟をしません。湿ったときに水分を吸い、乾いたときに水分を放出するようなことがない。それが、私たちが暮らしている環境をつくっているのです。

かつて私が高校生として通った学校は古い木造の校舎でした。ちょうど旧制中学が新制高校に切り替わったころです。その校庭には藤棚《ふじだな》があって、五月には紫の藤の花の房《ふさ》が垂《た》れ下がり、それは見事なものでした。春には桜の花びらが風に舞うなかを、秋には落ち葉を踏みしめて登校したものです。

私にとってはとても懐《なつ》かしい思い出ですが、いまの高校はどうでしょうか。テレビで少年犯罪が起こった中学校や高校の校舎を見ることがありますが、どこも鉄筋コンクリート製で、校庭が舗装《ほそう》されているところもある。工場や病院のような雰囲気です。いまや、乾式教育施設が全国に蔓延《まんえん》しているといっていいでしょう。

乾式工法の建造物があふれ返っているのは、都会ばかりではありません。地方の農村へ行っても、ツーバイフォーの住宅が立ち並ぶようになっている。つまり、日本の風土そのもの、私たちの生活環境を取りまくものすべてが、湿式から乾式へと変わってきているのです。そういう乾いた環境のなかで暮らしている人間のこころや魂が、急激に乾いていくのは当然のことだろうという気がするのです。

5　流されない情をつかまえる

情念というものには一定の法則もなければ、運動性もありません。私たちはこれまで、戦時中の情念というものを論理で押し切り、あるいは従えてきました。

しかし、その論理そのものがイデオロギーの崩壊によって破綻《はたん》した。そこにマグマのように噴き上げてきたのが情念です。この新しい情念の台頭《たいとう》によって、いま国民的な情念の時代に入ってきたのだと思います。

ところが、その情念はかなり古い情念の要素を含んでいる。国民のその古い情念や感情を刺激して登場してきたのが、小泉純一郎《こいずみじゅんいちろう》という政治家でしょう。人びとが小泉さんを支持したのは、論理でも思想的基盤からでも政治的展開からでもありません。「感動した」といったふつうの言葉を使ってしゃべるとか、髪型がいいとか、そういう日本人の情念です。

ですから、小泉さんに対する批判は当然あります。合理的でない、近代的でない、思想性がない、と。けれども、新しい情念を刺激する政治家が出てこなければ、それに太刀打《たちう》ちすることはできないでしょう。

いま日本人の情念のなかには、古いものと新しいものと両方が、半々くらいで混じりあっていると思います。そして、政治はその古いもので動いている。

かつて共産党には徳田球一《とくだきゅういち》という古き情念のリーダーがいました。あの人は、宮本顕治《みやもとけんじ》という人とは違って情念のリーダーですから、それなりに大衆的支持をえました。演説中に刺殺された社会党委員長の浅沼稲次郎《あさぬまいねじろう》という人も、情念の政治家でした。そういう人たちが消えていったのちに、古いタイプの保守的な情念のリーダーがでてきた。しかし、それに対して新しき情念のリーダーがいない、ということなのです。

時代は完全に、国民の情念をどうとらえるかということにかかっています。そのときに、ルサンチマンはいけない、それは古い、という形で批判しているだけではだめでしょう。つまり、私たちはもっと理性的にならなければいけない。

『草枕《くさまくら》』で夏目漱石《なつめそうせき》は「智に働けば角《かど》が立つ。情に棹《さお》させば流される」と書いています。だから情はいけない、というのではなく、情に棹さしても流されない姿勢をつくるしかないのではないか。私たちはいままで知でやってきたわけです。それに対して情が出てきた。しかし、いま情というものに流されそうになっている。これからは、流されない情というものをしっかりとつかまえる必要があるのです。

6「ユーモアの源泉は哀愁《あいしゅう》である」

ハードボイルドとは、意識的に乾《かわ》いた文体で書かれた小説だと思われているようです。しかし、私はそれは違うと思っている。ハードボイルドというのは、あふれるような情念を持った人が、その情念を外にはだすまいとして、なんとかこらえて粗暴《そぼう》に振る舞っている小説のことをいうのです。

ですから、むしろ抒情《じょじょう》的小説、人情小説の究極《きゅうきょく》のものだといえるでしょう。ハードボイルドは人情小説の究極のスタイルである。それを粗暴な小説だと思う人がいますが、乾いた主人公ではハードボイルドなんてできっこないのです。

私は以前、ハードボイルド的文体で『艶歌《えんか》』という小説を書きました。そのなかでは、最初からそのことを宣言しています。また、『さらばモスクワ愚連隊《ぐれんたい》』の最後の文章などは、必死でハードボイルドに書きました。百の言葉で主人公の内面を書きつらねるようなことは絶対にしたくない、という思いがあった。そのため、最初から情念とか情感というものを抑《おさ》えつけて書いてきたわけです。

詩人の小野十三郎《おのとおざぶろう》さんは「短歌的抒情の否定」ということを提唱し、「乾いた抒情」ということを強調していました。私はかつて小野さんのその主張に大きな影響を受けました。しかし、彼自身はじつは乾いた人ではなかった。むしろ、内面に制御しきれないほどの情感を抱えこんでいた人だったから、それが外側に氾濫《はんらん》していくことを徹底的に厳しく、自分で制御していたのでしょう。

小野さんはそういう戦いをやってきた人だったのだと思います。つまり、ハードボイルドだったのにそれを読みそこねていた、という反省がいまの私にはある。

ハードボイルド、ユーモア、ジョークというのは、安易な感情の流出を制御していくスタイルなのです。ユーモアとかジョークは、一見、明るくてからっと乾いているように思えます。しかし、本当はあふれるような情感や悲哀《ひあい》というものを内面に抱いていなければ駄目でしょう。いまはどちらかというと、口先だけのユーモアやジョークというものが氾濫していますが。

アメリカ文学の父と呼ばれるマーク・トウェインは「ユーモアの源泉は哀愁《あいしゅう》である」と言っています。私もその通りだと思います。哀愁を哀愁としてうたうのは、ちょっと照れくさい。でも、ユーモアの背後に哀愁というものが流れていなければ、それは真のユーモアではないのです。

7 純文学と大衆文学が拮抗《きっこう》していた時代

私が作家としてデビューした一九六〇年代と、ソ連崩壊《ほうかい》以降の九〇年代、いわゆるグローバリゼーションの時代とでは、ずいぶん状況が違ってきているように見えます。

六〇年代は、サブカルチャーをやっていく上で、自分たちはサブだ、というプライドがあった。というのは、本流のカルチャー、純文学がしっかりしていたからです。目の前にベルリンの壁のようにそびえていて、ぶつかってもはね返された。自分たちははね返されてもぶつかるんだ、という感じがあったのです。だからやりがいもあった。

ところが、いつの間にかカルチャーがぐちゃぐちゃになって、サブカルチャーが脚光を浴びるようになった。あなたたちがやっていることはたいへん立派なことです、どうぞお上がりください、と座敷に通されたような感じです。そうなると、やる気がなくなったというか、やれなくなってしまったところがあった。

六〇年代は「エンターテインメント」という言葉を発するのが恥ずかしいことだったのです。相当な決断と勇気と嘲笑《ちょうしょう》を覚悟していう言葉だった。それが七〇年代、八〇年代になると、新人の作家が「エンターテインメントをめざします」とか平気でいえるようになってしまった。どうも、立つ瀬がないという感じです。

いまの日本では、エンターテインメントとか大衆文学とかいわれる分野、とくにミステリーなどががんばっています。たしかにがんばってはいるけれども、いまひとつだという気もする。それは本流のカルチャーがしっかりしていないからです。

以前は、純文学というものが大衆文芸とはきっぱり区別されていた。純文学が充実して大衆文芸を睥睨《へいげい》しているときは、エンターテインメントも冴《さ》えるのです。

かつて芥川龍之介《あくたがわりゅうのすけ》などがいて、純文学が非常に力を持っていた時代があった。あのころは大衆文学もおもしろかった。国枝史郎《くにえだしろう》もいれば中里介山《なかざとかいざん》もいた。夢野久作《ゆめのきゅうさく》や江戸川乱歩《えどがわらんぽ》など異色作家といわれる人たちもいた。大衆文学の作家たちが綺羅《きら》星のごとくにいたのです。それは、片方のカルチャーがしっかりしていたからでしょう。

そんなふうに純文学とか大衆文学とか区別するのはよくない、という人もいます。でも、私はそれはナンセンスだと思います。むしろ二つの極《きょく》があったほうがいい。一方にクラシック音楽があって一方に大衆音楽がある。両者が拮抗《きっこう》してロックなどと競い合っていくというのは、とてもおもしろい状況なのです。その両者のダイナミックな拮抗関係によって、それぞれが光彩を放つ。むしろきっちり区別をしたほうがいいと私は思っています。

8 「ひとつの小説を書くための準備期間は？」と問われて

たずねられて返答に困る質問というのがあります。たとえば「ひとつの小説を書くために、どれくらいの準備期間が必要ですか？」というのがある。そう聞かれると「うーん、そうですねえ」と口ごもって、結局、適当に答えて、お茶を濁《にご》すことになるのが常です。ひとつの小説を、机に向かって一気に書き上げるタイプの作家もいるでしょう。でも、私はそうではありません。その代わり、トイレの便座に腰かけているときも、駅で電車を待っているときも、ベッドで眠れぬまま深夜悶々《もんもん》と枕を抱いているときも、ほとんど考えることは小説の題名だったり、登場人物の名前だったりする。

たとえば、『風の王国』の第二部には、『星の王国』という題名で人工衛星産業界と非定住民族の話を書くつもりでいる。その第三部が『砂の王国』で、ここでは「愛あるイスラム」といわれるアレヴィーの人びとを登場させる予定でした。「でした」と過去形で書くのは、もう何十年と頭のなかにあたためてきた物語ですが、自分の残り時間のあいだにはとても書き上げるわけにはいかんだろう、となかば諦《あきら》めている気分があるからです。

『戒厳令《かいげんれい》の夜』という小説も、第一部のままで残されている。チリへ渡ったパブロ・ロペスの絵と主人公たちが、軍事政権下のラテン・アメリカでなにをやらかすのか。もう何十年もずっと考えつづけてきて、空想のなかではすでに脱稿状態なのですが。

最近、「青春の終焉《しゅうえん》」などといわれていますが、いささか当惑せざるをえません。なにしろ『青春の門』などという題名の小説が、ただいまやっと第九部の半ばくらいまでたどりついたところなのです。十二部二十四巻の予定で書きはじめたのは一体いつのことだったのか。自分でも思い出せないくらい昔のことになってしまいました。あと四部のストーリーは、幕切れのシーンまで決まってはいるのですが、さて、どうなることやら。

戯曲として書いた『蓮如《れんにょ》——われ深き淵《ふち》より』も、蓮如が近江《おうみ》から北陸へ旅立つところまでで終わっています。その先の吉崎《よしざき》の一向一揆《いっこういっき》と、山科《やましな》、石山《いしやま》進出のくだりを書かなければ尻切れトンボだといわざるをえません。

そんな借金を背負っている上に、さらにいつかは書きたいと考えてきた小説の題名が、四六時中、私を責めたてるのだからかなわない。いつ書くんだよ、オイ、と作中人物の顔つきも、年ごとに険悪《けんあく》になってくるのです。

こうしてみると、ひとつの小説を書くためにどれくらいの準備期間が必要か、という問いに口ごもる理由はそれなりにある、とわかっていただけるのではないでしょうか。

9　自力と他力はどう違うのか

以前、石原慎太郎《いしはらしんたろう》さんと対談をしました。石原さんが『法華経《ほけきよう》を生きる』という本をお書きになり、私が『他力』の著者だというので、石原さんは「自力」、私は「他力」ということを話しました。

法華経は「自力」の思想だといわれています。一方、親鸞《しんらん》や蓮如《れんによ》の真宗は「他力」の思想です。その「自力」と「他力」の根本的な違いとは、いったいなんでしょうか。

石原さんが例にあげたのが、吉川英治《よしかわえいじ》さんの『宮本武蔵《みやもとむさし》』のなかで、武蔵が一乗寺《いちじようじ》の決闘にでかけていくときの話でした。

決闘の相手は吉岡《よしおか》一門。さすがの武蔵も不安な気持ちでいる。通りかかったところにちょうど神社があったので、そこで神の加護《かご》を祈ろうとする。しかし、そのとき彼ははたと気がついて、神や仏に頼むようでは負けたも同然だと翻意《ほんい》する。結局、祈らずに決闘の場所へと向かった、というのです。

石原さんが言いたかったのは、武蔵はそこで「他力」に依存しようとした気持ちを捨てて、「自力」に徹しようと決意した、ということだったのでしょう。

しかし、本当の意味の「他力」は、それとは少し違うという気がするのです。よく「他力本願」という言いかたをして、「あなたまかせ」とか「人まかせ」という意味に理解されています。そうではなく、親鸞は「本願他力」という表現をしている。つまり、「本願」のほうが「他力」の上にくるのです。

私はそれを、目に見えない大きな力、大きな光が自分を照らしてくれる、というふうに考えています。鈴木大拙《すずきだいせつ》の本には「他力というのは、自力を奮《ふる》い起こさせるものだ」というように書かれていますが、私が言いたいのもそういうことです。

神や仏に助けてください、と頼むような弱い心ではだめだ、と武蔵は思った。そして、ここは全力をふりしぼって、自分の力だけで闘わなければならないと決意をした。じつは、その「決意をした」ということこそが、見えざる「他力」の光が彼のこころを照らした、ということにほかならないのです。

「他力は自力の母である」というふうに考えれば、わかりやすいのではないでしょうか。

必要であろうがなかろうが、目に見えない大きな力、大きな光というものが自分たちを照らしてくれている。それに対して「南無阿弥陀仏《なむあみだぶつ》」と称《とな》え、ありがたいと感謝して生きればいい。親鸞や蓮如は、私たちにこう教えているのだと思います。

10 「美空《みそら》ひばりは日本の恥」ではない

いま、日本全体で均一化、画一化が進み、古いものを埋没させていこうとする流れがある。これは、なんとかしてとめなければいけないと思います。

たとえば、私はいま、歌謡曲や演歌というものにあらためて興味を持っています。日本の音楽の世界では、歌謡曲や演歌はすでに絶滅《ぜつめつ》寸前だといわれて、実際に、CD全体の市場における売上げはわずか一～二パーセントだと聞く。戦後の歌謡曲全盛時代から見ると、これは驚くべき数字だというべきでしょう。

その全盛時代に、知識人たちは歌謡曲・演歌を批判していました。歴史学者の羽仁五郎《はにごろう》さんなどは、私はとても親しくしていたかたですが、美空ひばり嫌いで有名でした。「ありゃ、きみ、日本の恥だよ。ああいうものが存在している限り、日本の近代化はありえないんだ」などと言いつづけていたほどです。

英文学者の中野好夫《なかのよしお》さんも、私が尊敬する知識人の一人です。その中野さんには「流行歌便所論」というのがあって、「演歌とか流行歌は便所のようなもので、なくちゃ困るが玄関に出すものじゃないよ」と言っていました。

そういう時代があって、一九六〇年代末になって藤圭子《ふじけいこ》が出てきました。そのとき、私は新聞に「怨《うら》みの歌論」というのを書いたのですが、それがちょっと話題になった。そして、雑誌「話の特集」が寺山修司《てらやましゅうじ》たちに歌謡曲特集をやらせたり、演歌や流行歌は日本のナショナル・ミュージックだ、という動きがどんどん出てくるのです。

しかし、無自覚なナショナル・ミュージックだという評価に甘んじていたそのときから、すでに演歌の崩壊ははじまった、と私は思っています。新しいフォークソング、あるいはポップスやロックなどがでてくるなかで、演歌は時代に取り残されていった。いまは高齢者向けの時代遅れのジャンルだと思われているのではないでしょうか。

演歌が衰退《すいたい》したのは、メロディーがマイナーコード（短調）だからだという意見もあります。演歌はいわゆる「ヨナ抜き」といって、七音階から四番目の「ファ」と七番目の「シ」の二音を抜いた五音階が基本になっている。それで、その貧しい韻律《いんりつ》に頼っている演歌は駄目なんだ、というわけです。

しかし、マイナーコードであるがゆえに演歌が批判されたりするのは、私は間違っていると思います。あえて言えば、つくり手が怠惰《たいだ》なために、システムがあまりにも古くさいために、新しい歌が生まれないところに、いまの歌謡曲・演歌の衰退はあるのです。

11　明治維新は短調でやってきた

日本の歌謡曲や演歌の特徴を、あるいはアジアの音階などを、ヨーロッパの物差しで計るというのは、とんでもないことだと私は考えています。

いちばんの問題点はマイナーコードに対する先入観でしょう。マイナーコードは後ろ向きで、さびしく、もの悲しくてせつないと思われている。しかし、本当にそうでしょうか。明治という新しい時代の幕開けの音楽はどんなものだったのでしょうか。

五十嵐一《いがらしはじめ》さんの『音楽の風土——革命は短調で訪れる』という本が、そのあたりの事情を語っています。当時、新しく組織された軍隊で、兵隊たちを号令ひとつで動くようにするために軍事訓練に取りいれられたのが「行進」です。そこで使われたのが有名な「トルコ行進曲」でした。あるいは明治初期の官軍のテーマソングとしてうたわれた歌が「宮さん宮さん」。どちらもれっきとしたマイナーコードの曲です。

つまり、明治維新は短調でやってきたのです。

先日、ふと思いついて世界地図を広げて、マイナーコードを民族の音楽としている文化圏と、メジャーコード（長調）を正統としている文化圏を色分けしてみました。すると、七割以上がマイナーコード圏でした。

イランは何度も行ったことがある国ですが、あの国で革命が起きてパーレビ国王を追放したときの革命歌は全部マイナーコードでした。また、「ホメイニ師、こんにちは」という喜びの歌もマイナーコードです。

「トルコ行進曲」でもわかるように、トルコの軍楽《ぐんがく》はマイナーコードです。あのさびしいメロディーで、トルコ軍は命をかけてウィーンまで攻めていった。つまり、アラブ・イスラム圏では、戦いの歌も、抵抗の歌も、喜びの歌もすべてマイナーコードでした。それが未来と希望を語る歌だったといえるでしょう。

そこからつづいていくイベリア半島もそうです。スペインのフラメンコの音楽からポルトガルのファド。その流れを受けてラテン・アメリカへ目を移すと、ブラジルからアルゼンチンのタンゴ、フォルクローレ、全部マイナーコードです。キューバのブエナ・ビスタという音楽もそうです。あのあたりまで全部マイナーコード圏だということに気づきます。懐かしいような、日本人にとって親しみやすいメロディーばかりなのです。

一方、地中海へいくと、ギリシャには日本の歌謡曲と同じようなマイナーコードの曲がたくさんある。そこで、ギリシャの国民的作曲家であるミキス・テオドラキスという人がつくった曲に日本語の歌謡曲の歌詞をつけてみました。それを森進一《もりしんいち》さんにうたってもらっていますが、なんの違和感もありません。

さらに、ギリシャからイランまで戻り、アルメニア、コーカサスの方へといくと、そのあたりからユダヤ人の音楽がでてきます。それからジプシー（ロマ）の音楽があって、ロシアに入ってロシア民謡。これも全部、いまだにマイナーコード文化圏です。

それから、バルト三国、フィンランド、スウェーデンまでマイナーコード圏です。

こんなふうに色分けしていくと、いわゆるメジャーコードの文化圏というのは、ルネッサンス以後に新しく生まれたものなのでしょう。ヨーロッパは、ピレネー山脈の向こう側のアラブ・イスラム圏からあらゆるものを吸収し、養われていきました。そのため、ヨーロッパのアイデンティティを確立するために、そこから脱して違った文化をつくりあげようとする。

そのひとつが、アラブ・イスラム圏のマイナーコードの文化とは違うメジャーコードの音楽だったのではないでしょうか。

フィレンツェにはじまるルネッサンスを、ギリシャ・ローマ文明への憧《あこが》れということでいえば、ある意味ではピレネーから向こう側の文化です。航海術にはじまって、紙の文化、火薬、羅針盤《らしんばん》、ゼロの発見にいたるまで、じつはほとんど東方から入ってきているのです。

そのため、ヨーロッパにはアラブ・イスラム、つまりピレネーから向こうの社会に対する永遠のコンプレックスがあるのだと思う。

しかも、かつて繁栄して世界の中心だったイスタンブールもバグダッドも、あるいはアレキサンドリアも衰えてしまった。その衰退した文化を自分たちがバックボーンにして育ってきたと認めるのは、ヨーロッパとしてはいやなのでしょう。

そういうなかで、マイナーコードという文化も、欧米的でないもののひとつの象徴とされてしまった。そんなふうにも思えます。

しかし、実際にはいまでもマイナーコードによって革命を起こし、それによって喜びの歌をうたい、勇気づけられる人たちがたくさんいるわけです。

日本の明治維新もマイナーコードではじまりました。マイナーコードは決して後ろ向きではありません。それに後ろ向きの歌詞をつけたり、もの悲しいうたいかたをしている人たちが問題なのです。

12 現代はイイカゲンな歌はあるが、正しく俗な歌がない

いま「歌」がない時代、というのが、私はなんともいえず淋《さび》しい気がしてしかたがありません。「日本人の歌」といえるものがなくなっていると思うのです。

かつては声明《しょうみょう》や御詠歌《ごえいか》、和讃《わさん》のように、歌はつねに信仰とともにありました。そういうものから離れてしまったということに、空白感というか飢《う》えを感じてしまいます。

『万葉集』のあたりからずっと、五七調、七五調というリズムは明治・大正・昭和の演歌にまで流れてきました。しかし、戦後の詩人たちの仕事のなかで、抒情《じょじょう》の全面否定と韻律《いんりつ》の否定ということがあって、それが呪縛《じゅばく》になっていく。

戦後の詩の流れのなかでは、若山牧水《わかやまぼくすい》や北原白秋《きたはらはくしゅう》のような詩人が不遇《ふぐう》だったのも当然です。彼らの詩はあまりにも主知《しゅち》的でなく、土着的な抒情に満ちていたからです。現代詩はそうしたものを全面否定した。しかし、もういっぺんそこをふり返ってみるべきだという気がします。結果として、そうした抒情の否定や韻律の否定が、いま歌というものの呼吸をとめてしまっているのですから。

私自身もずっと「メロディーは駄目なんだ。リズムこそが正しいんだ」という考えかたでやってきました。しかし、いまはメロディーの回復ということを一所懸命に考えています。メロディーというのは、非常にセンチメンタルで甘くて通俗的なものだといわれている。でも、「甘い」は「うまし」ということに通じる大事なものです。

ですから、そこを抜きにして、「辛口でなきゃいけない」というのはちょっと納得できません。「ドライであればいいのか」という感じもあります。

信仰の肉体化、あるいは言語・詩歌の肉体化ということが、いまは本当に失われてしまったという気がしています。もちろん、ただ昔に戻ればよいということではないのですが。

かつて勅撰《ちょくせん》の『古今和歌集』がつくられたのちに、『梁塵秘抄《りょうじんひしょう》』という今様《いまよう》歌謡集がつくられています。「遊びをせんとや生まれけむ　戯《たわむ》れせんとや生まれけむ」の歌で知られる『梁塵秘抄』は、日本の歌の世界にある種の遠近法を添えるものでしょう。

『梁塵秘抄』は『古今和歌集』に比べると俗な巷《ちまた》の歌ですが、そのなかに宝石のようなものが残っている。けれども、現代はどうしようもなくイイカゲンな歌はあるけれど、正しく俗な歌はない。そういうなかで、平成の『梁塵秘抄』を探すしかないかな、という気もするのです。もしかすると、巷の歌謡曲や流行歌や演歌やそういう類《たぐい》の歌のなかに、あっと思うようなものがあるかもしれない、と期待しているのですが。

13　精神の絆《きずな》を結ぶのは宗教と音楽ではないだろうか

最近、人びとをつなぐ絆《きずな》、ということをよく考えます。

たとえば、アメリカの国民の場合には、経済も、政治も、音楽も、あらゆるものの背景にはキリスト教があり、神の存在ということがあります。国民の代表に選ばれた大統領はバイブルの上に手を載《の》せて宣誓しますし、コインにも「イン・ゴッド・ウィ・トラスト（われら神を信じる）」という文字が刻まれています。

もちろん、アメリカでも日曜日に教会へ行かない人はいます。ふだんは神を意識していない人も多いでしょう。それでも、社会全体を見ると、そういう絆が横につながっている。その絆というのは、単に愛国主義とか、デモクラシーへの信頼とか、ヒューマニティという問題ではありません。キリスト教文化のモラルということです。

欧米社会はキリスト教の神を信じることで貫《つらぬ》かれている。アラブ・イスラム社会はアラーの神への信仰でつながっている。インドの場合はヒンドゥーあるいはイスラムと仏教です。ソ連崩壊《ほうかい》以降のロシアでは、ロシア正教がものすごい勢いで復活しています。

そうして見ていったとき、いま日本人をつなぐ絆はどこにあるのか、ということを考えさせられるのです。

評論家の駒尺喜美《こましやくきみ》さんが、コミュニティハウスという運動をやっていらっしゃいます。これは、親子や兄弟などの血縁関係がない人たちが、共同生活のなかから新しい社会の絆をつくりだそうとしている運動です。近代的な長屋というか、新しいゲゼルシャフトといってもいいかもしれません。

自分たちで土地を取得して、合理的な二人住まいくらいの家を、形態でいえばマンションを次から次へとつくっているのです。それがコミュニティハウスです。

そこではみな平等な関係で暮らすことができる。駒尺さん自身は女性の仲間と一緒に暮らしています。ゲイの人が二人で住んでもかまわないし、セックスの関係がないお年寄り同士が身を寄せあって暮らしてもいいのです。

そういう小さな単位がひとつの建物のなかにあることで、コミュニティハウスができあがる。それが増殖することで新しい日本人のコミュニティが生まれてくる。

それ以外にもいま、いろいろなかたちで新しい絆を探す運動が行われています。ただし、そこにはもう一本、なにか精神的な絆が必要ではないか、という気がします。そして、そこをつなぐものは宗教と音楽しかないのではないか、と私は思っているのです。

14　やけっぱちの明るい歌と怨《うら》み節《ぶし》

最近よく「勝ち組、負け組」という言葉を耳にします。成功した者は巨額の富を手に入れ、失敗した者は職を失ったり自己破産したりする。そして、欧米のような階層分化が日本でも広がってくると、対立ということも生まれてきます。

そこをつなぐものが宗教だろう、と私は思っています。宗教というのは、大富豪《だいふごう》も慈善《じぜん》事業をして心の安定を図《はか》れますし、貧しい人もそれなりに心の平穏をえることができる。もしそういうものがない社会で、ますます社会的格差が大きくなってくるとどうなるでしょうか。おそらく、社会から脱落した人間の怨念《おんねん》が、メタンガスのように噴出するだろうと思うのです。「マイナスのルサンチマン」というのはそれでしょう。

もうひとつは歌です。かつて藤圭子《ふじけいこ》の歌がでたときに、私は「これは怨歌《えんか》だ」と書きました。つまり、総評《そうひょう》とか産別《さんべつ》とかいうものが組織されていない未組織労働者の怨《うら》み節《ぶし》だ、ルサンチマンの歌である、と言ったのです。要するに、未組織労働者の「インターナショナル」だと。

あの時代にはそういう歌がでていました。「昭和枯れすすき」のように「貧しさに負けた　いえ世間に負けた」なんていう情けない歌が流行《はや》った時代があったのです。

これから先、どういう歌がでてくるのでしょうか。私は二つあると思っている。ひとつは「スーダラ節」のように、やけのやんぱちで、とことん明るくて、世の中を笑いのめしていこうとする歌、茶化《ちゃか》していこうとする歌です。もう一方は、藤圭子のような怨み節がでてくるのではないでしょうか。

片方のやけっぱちの明るい歌では、たとえば氷川《ひかわ》きよしなどが人気を集めています。パロディーとして非常におもしろい。くよくよしているときはああいう歌でもうたって、一瞬でもいやなことを忘れよう、という気持ちが民衆のなかにはあります。

もうひとつの情けない枯れすすきのような歌もいずれでてくるでしょう。ただし、昔のままのかたちではいけない。

私が情念の再考とかルサンチマンとか言うと、またあんなことを言うヤツがでてきた、と思われてしまうかもしれません。とにかくそういうものはいけない、とずっと言われつづけていて、みんなの頭に染《し》みついているからです。流行歌とか演歌とかさかんに言っていますが、私は古いかたちの情念やルサンチマンをそこに発見しようというのではありません。新しき情念を、そのなかに探していこうとしているのです。

15　日本人をつなぐ歌がなにもなくなった

いま、「日本人の歌」といえるものはあるのでしょうか。昔は日本人の大部分が「紅白歌合戦」を茶の間で見て、「ゆく年くる年」を見て新年を迎えた。それはそれで弊害《へいがい》もあったかもしれませんが、ある意味では世代間をつないでいたといえます。

いまは、ＣＤが二百万枚とか三百万枚とか売れている歌でも、世代が違うと名前も知らない、ということが珍しくありません。おもしろいことに、二十代なら二十代のあいだでは共通の財産なのかというと、必ずしもそうではない。ＧＬＡＹというグループが好きな人たちはＧＬＡＹしか買わない。浜崎《はまさき》あゆみが好きなら浜崎あゆみだけ、ミスチルが好きならミスチルしか買わないのです。

そんなふうにファン層がブロック化している。彼らがＣＤを買い占めてしまうからああいう数字になりますが、じつは縦にも横にも切れている。つながってはいないのです。

私たちはいま、日本人のナショナル・コンセンサスよりも先に、ナショナル・フィーリングというものを取り戻す必要があるのではないでしょうか。日本人であるという感覚が失われている。それを取り戻す力を持っているのは、たぶん言論ではないでしょう。歌であったり音楽であったり芝居であったり、そういうものだろうと私は思います。

プラトンは、音楽とは恐ろしいものだと語っています。音楽は聴いているうちに、知らず知らずその人間の感受性を変えてしまっているのだ、と。感受性が変われば、既成の法律や社会に対する考えかたも変わってきて非常に危険である、と彼は言っている。それは本当なのです。

そのプラトンの論を逆手《さかて》に取ると、日本人のナショナル・フィーリングの喪失は、日本人をつなぐ歌がなにもないということもひとつの原因です。いま、日本人みんなが知っている歌というのがあってもいいのではないでしょうか。

戦争中は軍歌というものが片方にあった。これは強制的にうたわされていたものですが、私たち子供は好きでうたっていました。そして、その軍歌とは別にひそかにうたっていた歌があの時代にもあったのです。

そう考えると、二つの世界があっていい。個人の世界と普遍の世界。いまは個人の世界だけがあって共通の世界がない。かつて「青い山脈」とか「喜びも悲しみも幾歳月《いくとしつき》」とかいう歌を、オジサンも子供もみなうたっていた時代があった。そういう歌と、個人でうたう歌と両方があれば、こんなにいいことはないと思うのですが。

16　歌謡曲も演歌も、ルーツは宗教にある

音楽というのは、プラトンが言っているように、聴いているうちに知らず知らず人を酔わせ、知性を麻痺《まひ》させ、その人の感覚を変えてしまうところがあります。それを裏返していえば、音楽は思想にまではね返ってくるものがあるということです。

いま、日本人をつなぐ歌や音楽というものがなくなってしまっている。けれども、かつて歌というのは、人びとが神々を讃《たた》え、仏を讃えるものでした。あるいはサムシング・グレート、目に見えない偉大なものに対して感謝を捧《ささ》げるためのものでした。そのなかから愛をうたったり別れをうたったりと、いろいろな歌がでてきたのです。

ですから、『万葉集』には天皇や神を讃える歌がたくさんありますし、俗っぽい流行歌を拾い集めた『梁塵秘抄《りょうじんひしょう》』にも、仏や神をうたったものがある。日本の歌の源流というのは声明《しょうみょう》にはじまって、和讃《わさん》、御詠歌《ごえいか》だった。そして、そのメロディーや節回しがいまの流行歌や歌謡曲に流れこんで、かろうじて残っているのではないかと思うのです。

奈良の當麻寺《たいまでら》に有名な「曼荼羅《まんだら》」があります。この曼荼羅は、中将姫《ちゅうじょうひめ》という女性が仏

を深く信仰し、その願いによって観音菩薩が蓮糸《はすいと》で一夜にして織り上げたものだと伝えられています。当時、當麻寺へいけば、その曼荼羅に描かれている極楽浄土を生きながら拝めるということが、人びとの信仰を集めたのでしょう。

そして、集まったたくさんの人びとの前で、當麻寺のお坊さんは曼荼羅の「絵解《えと》き」ということをしました。手に竿《さお》を持って曼荼羅の図柄を指しながら、笑わせたりしんみりさせて、名調子で浄土の様子を語って聞かせたのです。

そのとき、絵解きをする人の前にある台が高座《こうざ》で、現在の落語の高座という名称はここから来ています。さらに、絵解きからは説経節《せっきょうぶし》がでてきたり、芸能化して話芸になっていきました。つまり、絵解きは浄瑠璃《じょうるり》や浪花節《なにわぶし》や講談や漫才、あるいはドラマや小説などの原形ともいえるものなのです。芸能の原点、ルーツといってもいいでしょう。

また、絵解きのクライマックスで節をつけてうたうところからは、長唄《ながうた》、清元《きよもと》、端唄《はうた》、小唄というものがでてきました。そういうものがずっとつながって流れてきて、明治以来の西洋音楽の技法を取りいれて複雑化したのが、いまの歌謡曲であり、演歌だろうというふうに私は思うのです。つまり、本来は外国のイミテーションではない歌にくわえて、讃美歌もラップもダンス音楽も、全部日本にはそろっているわけです。私はそういう日本の歌をあらためて見直してみたいと思っているのです。

17　演歌は前近代的なものではない

日本人が、自分たちの後進性として恥じていたものを、そうではない、と私はいまさかんに言っています。たとえば、宗教ではシンクレティズムやアニミズムがそうです。音楽でも、歌謡曲や演歌を恥じるという感覚ではなく、それをちゃんとすくいあげていって、そのなかから新しい日本人の歌をつくりあげていくしかないと思うのです。

そこにヨーロッパのいろんなものを刺激として採《と》りいれるのはかまわない。しかし、根底からそれを変えてしまうとか、コピーするのはよくない、というのが私の考えかたです。たとえば、この高い湿度のなかでは、民謡のうたいかたが日本人には合っている。あれがいちばん美しく正確に日本語を発音する方法なのです。

あるいは歌謡曲や演歌で「こぶし」を使うということがある。あれもじつは特別なテクニックです。三味線などでは「さわり」といいますが、森進一《もりしんいち》さんの発声を、あのかすれた音の魅力としてとらえるべきなのに、音程が不正確だという人がいる。大きな誤解です。

あれはブルースと同じで、西洋の音階に合わないオリジナルなものを持っているのです。ブルースの場合は、西洋の音階を半音下げて合わせている。日本の歌謡曲も、ヨーロッパやアメリカの音階とはずれるところがある。少しうわずるのですが、音程が不正確なのではなくてこれが正しいのです。

また、演歌独特ののどを締めつけるような発声法は前近代的だ、という人もいます。たしかにオペラにはベルカントという発声法がある。しかし、向こうのオペラ歌手の人が、日本語で「南部牛追唄《なんぶうしおいうた》」などをうたっているのを聴いても歌詞がよくわかりません。ベルカントはイタリア語やラテン語には向いても、日本語には向かない発声法なのです。

美空《みそら》ひばりは、うたうときに口を大きく開けませんでした。日本語は、口を大きく開けるとあいまいに聴こえてしまう。もし、日本語の美しさということを意識するのだったら、ベルカントの発声では駄目だと私は思います。

演歌の「こぶし」やのどを締めつけるような発声法は、決して前近代的なものではありません。世界各地の民族音楽には共通して見られるものです。いずれは世界各地の音楽がそれぞれの民族性を主張しつつ、お互いに共存する時代がくることでしょう。

そのときのために、私たちは自分たちのマイナーコードの音楽を磨《みが》きあげていかなければいけない。そして、短調であることを責めるような原理主義的な考えはやめるべきだと思います。音楽においてもトレランス（寛容）が必要な時代なのではないでしょうか。

18 もう少し感情的になったほうがいい

最近、若い学生たちを前にして講演をする機会がときどきあります。

ところが、意外なことにみんなシーンとしている。隣の人と雑談さえせずに、プラスチックのように無表情な顔で話を聴いていることが多い。ただ黙って座っているのです。

そんなとき私はいいます。反発するなら反発すればいい、でも、おもしろければおもしろいと拍手してくれ、と。

周囲を見渡しても、表面に感情を表さないような人が増えました。しかし、現代人はもっと感情豊かに、大胆に、ふてぶてしく生きることをめざしたほうがいいのではないか。

医師の中村哲《なかむらてつ》さんを中心とする「ペシャワール会」というNGOが、アフガニスタンで活動しています。そのペシャワール会が昨年、アメリカの空爆がはじまった翌日に「アフガンいのちの基金」を立ち上げました。そして、アフガンへの支援を人びとに呼びかけました。

そのとき、中村さんたちは、できれば一億円くらいの寄付を集めたいと思ったそうです。でも、これまでの実績から考えて、まあ六千万円くらいだろうと予想していたらしい。ところが、それをはるかに上回って、今年の三月までにおよそ八億円もの寄付が集まったという話でした。

それは、中村さんの話を聴いた市民の人たちみんなが感情的に、アフガンの人たちはかわいそうだ、と感じたからではないでしょうか。テロがいいとか悪いとかいうことではない。とにかく寄付しようと思って、ペシャワール会の口座にお金を振り込んだ。それは、理屈ではなく、かわいそうなアフガンの子供たちに自分もなにかしてあげたい、という感情に駆られての行為だったと思うのです。

ペシャワール会の活動に対する批判がないわけではありません。しかし、こんなふうに感情を共有するということは、ものすごく大事なことです。現地の人とどう融和《ゆうわ》しているかというよりは、現地の人と感情を共有する。そうでなければ駄目でしょう。

よく感覚とか感性が大事だといいます。けれども、感性だけがすぐれていても駄目だと思う。やはり人間の「情」の部分も必要ではないか。「情」という言葉がつくことでずいぶん変わってくるのです。

人間はもう少し感情的になったほうがいいと思います。喜怒哀楽を豊かに表現して生きるということが大事なのではないでしょうか。

19　情報とは「こころを報ずること」

遠い昔の『万葉集』の時代から、日本人は「こころ」という言葉に「情」という字を当てて使ってきました。

斎藤茂吉《さいとうもきち》の『万葉秀歌 下』（岩波新書）のなかに、大伴家持《おおとものやかもち》の次の歌が紹介されています。これは、私の昔から好きな歌のひとつです。

うらうらに照れる春日《はるび》に雲雀《ひばり》あがり　情悲《こころかな》しも　独《ひと》りしおもへば

この歌では「情」と書いて「こころ」とルビがふってある。つまり、情とはこころです。とすれば、「情報」という言葉の意味は、本来は「こころを報ずること」ではないのか。ところが、現状では数字とか統計とかグラフとか、情報のなかでもっとも次元の低いものが情報と呼ばれている。

ウェットからドライへの転換は、アナログからデジタルへの転換、ということにも通じるところがあります。

いまさかんにＩＴ（情報技術）とかＩＴ社会とかいわれていますが、それがめざしているのは、究極《きゅうきょく》の乾《かわ》いた世界ではないのか。というのは、「情報」という言葉が本来の意味を離れてしまって、デジタルな知識を報ずるとか、数字やデータを報ずるという感じになっているからです。

たとえば、学校の生徒がいじめで自殺した、というような悲痛なニュースがテレビで報じられることがあります。そのとき、先生が映って「生徒のあいだでいじめがあったという情報は把握《はあく》しておりません」とか発言することがある。

その〝情報〟とは、はたして生徒たち一人ひとりの顔をしっかり見て知ったものだったのでしょうか。この子はどういう夢を持っているのか、どういう不安を抱えているのか、というように、こころの状態を知る本来の意味での〝情報〟だったのでしょうか。

情報とは、「情」をきちんとコミュニケートするからこそ情報というのです。情というのは、湿《しめ》り気を帯びた人間のこころです。

つまり、こころを報ずることのない情報は役には立ちません。私たちは、そのことから情報についても再考して、ＩＴの時代を「情を伝えあう」時代にしていかなければいけないとつくづく感じます。

20 「情報将校」が求めた情報は、敵兵のこころの有様だった

「情報」という言葉は、いつごろから使われてきたのでしょうか。

『情報を考える』（仲本秀四《なかもとひでし》郎《ろう》著）という本によると、「情報」という語は約百年前の一九〇三（明治三十六）年に森鷗外《もりおうがい》が訳したクラウゼヴィッツの『戦争論』にはじめて登場しています。それ以前の公刊書のなかには見当たらないという。

そのため、「情報」という言葉は鷗外の造語だと一般には受け取られていました。ところが、ここ十数年のあいだにこの言葉の起源がいろいろ調査されて、陸軍の部内資料ではそれより早く用いられていたことがわかったそうです。

日露戦争のころ、参謀本部には「情報将校」と呼ばれる人がいました。いわゆるスパイのことです。情報将校はロシアのシベリアや旧満州（中国東北地方）など、当時の仮想敵国に潜入してその情報を探っていました。

その際、敵の兵士の数がどれくらいだとか、機関銃が何丁あってどの程度の補給能力を持っているかということは、さほど高級な情報ではなかったのではないか。

いちばん高級な情報とは、敵兵の士気《しき》を量《はか》ることです。敵と仮定する兵士一人ひとりのたたずまいや表情や言動、あるいはこころの有様をきっちりと把握《はあく》することによって、そのトータルとして、敵軍の士気というものを分析していく。それが本当の情報なのです。

当時、クロポトキンが率いるロシアの大軍のなかには、帝政ロシアに対していい感情を持っていないポーランド人の兵隊も入っていました。チェコ人の兵士も混じっていました。辺地から駆りだされた兵士たちもいる。そんな彼らに、極東の端の満州の荒野で命がけで戦う気力があるものでしょうか。そもそもロシア本国では皇帝を打倒する革命の気運がますます高まっている。なにも皇帝のために満州みたいなところで命をかけなくてもいい、と思っている兵士も多かったはずです。

そうすると、数万の大軍といえども、ロシア軍の士気は低下している、恐れるに足りない、と判断するのが大事な情報なのです。織田信長《おだのぶなが》は桶狭間《おけはざま》で今川義元《いまがわよしもと》の大軍に勝ちました。あのときの信長もそうした情報を事前に察知していたのでしょう。

人びとの感情、情動、情念、ルサンチマン、そういうものをきちんと把握して、判断材料として使えることが、じつは「情報」です。つまり、情報の「情」はこころであって、こころを報ずることが本来の情報の意味なのです。そう考えると、あらためて「情」というものに対する関心を回復しなければならないと感じさせられます。

21　新しい抒情《じょじょう》を確立しなければいけない

日本の文学は戦後、情緒とか、エモーショナルなものとか、ルサンチマンなどというものは危険だ、という言説で半世紀以上やってきました。

私がいわば文学青年だったころ、輝ける時代のリーダーは片や小野十三郎《おのとおざぶろう》であり、片や花田清輝《はなだきよてる》だった。彼らは抒情《じょじょう》というものを否定しました。当時、詩雑誌「荒地《あれち》」から出発した現代詩の歴史は、濡《ぬ》れてじめじめしたような情緒的で感傷的な抒情からどうやって抜けだすか、ということでした。

それはやはり、戦中のリアクションだったのでしょう。あの愛国的な言動とか、ナショナリズムとか、ロマンティシズムとか、義理人情の世界とか、そういうものは当然乗り越えなければならなかった。

私自身、小野さんが提唱した短歌的抒情の否定の影響を受けて、乾《かわ》いた文章を書こうと必死になって努力しつづけました。一行でも情感が漂っているような恥ずかしいものは書くまい、と決意していたのです。私ばかりではありません。彼の主張は、戦後の多くの作家に影響を与えてきたはずです。その結果、いまは逆に、からからに乾ききって情緒もなにもない文章を書いていることへの反省があるわけです。

ところが、「新日本文学」一九九七年三月号の小野十三郎追悼《ついとう》特集を読んでいて、びっくりしました。彼と親しかった作家のかたが、生前の小野さんは石川啄木《いしかわたくぼく》の歌を愛していた、と書いていたからです。「やはらかに柳あをめる北上の　岸辺目に見ゆ　泣けとごとくに」という啄木の歌を、酒席などでよく朗誦《ろうしょう》していたのだという。

これを読んだとき、最初は信じられないような気持ちでした。でも、私が小野さんにだまされていたわけではないのでしょう。彼は自分の内側に、この啄木の歌の北上川の流れのように豊かな情感を、人一倍抱えていたのかもしれません。それを、彼自身が否定するための短歌的抒情の否定だったのかもしれません。

ひょっとすると、小野さんが主張したのは抒情の否定ではなくて、古い抒情を否定して新しい抒情を確立する、ということではなかったかとも思うのです。その新しい抒情を確立するところまでいかずに、戦後の五十数年間の日本人はずっと古い抒情を否定し、乾かしつづけてきた。つまり、旧都《きゅうと》は荒れ果て、新都いまだならず、という状況です。

22　いまの報道には情《こころ》がない

日本人は阪神・淡路大震災でモノが頼りないことを思い知り、オウム真理教の事件でこころも危《あや》ういと感じるようになりました。

その後、ITブームが到来して「情報」という言葉が社会に氾濫《はんらん》しています。しかし、その情報は数字や統計などに偏《かたよ》っていて、「情」という字の本来の意味である人のこころや悲しみを伝えるものにはなっていない、という気がします。

いろいろなものが「湿式《しつしき》」から「乾式《かんしき》」に変わり、人の感情まで乾式になってしまった。情というものが失われてきているのです。とくに9・11のテロ事件以降、激動する世界情勢を伝える新聞の紙面は、どこか「乾式」だと感じてしまいました。

ああいう大事件を報道するとき、テレビのキャスターたちはみな水をえた魚のようにいきいきして、興奮してしゃべっているように見えます。たしかに、ニュースが大きければ大きいほど視聴率は上がるのですから、その気持ちもわからぬことはない。

新しい情報が入って横からメモを渡されると、キャスターはすぐに活気づいてしゃべりはじめる。それがどんなに悲惨なニュースであっても、です。そういう光景を見ていると、なんともいえない気分になってしまうのです。

新聞もそうです。テロ事件を報道する紙面から、沈鬱《ちんうつ》さや、ああ、なんということなのだろうというため息が、読者の耳に聞こえてきたでしょうか。行間や見出しに、こういうことでいいのか、という情が漂っているようなレイアウトがあったでしょうか。

むしろ、戦時中の新聞のように、何機撃墜《げきつい》とか元気よく報道しているような印象さえありました。大きな事件が起こって、これはいけるぞと活気づいている様子が浮かんできて、とてもいやな感じがしました。報道機関の性《さが》というべきかもしれませんが、新聞の紙面に情が感じられないのです。

ごくふつうの主婦の人たちが、アメリカの報復攻撃を受けたアフガニスタンの人びとのことを思って、中村哲《なかむらてつ》さんのペシャワール会に約八億円も寄付をしているのです。とにかく、テロにしろ報復攻撃にしろ、こんなかたちで二十一世紀がはじまることはやりきれない、とみんなが強く感じている。

大事なのは、人びとが感じているやりきれなさを、どういう形ですくい取っていくかだと思います。そのやりきれない読者への想像力が、いまの日本の新聞にはない。こういう時代だからこそ、ため息が感じられるような紙面づくりを期待したいのです。

23　深く泣くことのできる人だけが、本当に笑うことができる

笑いやユーモアは人間の体の免疫力《めんえき》、自然治癒力《ちゆ》を向上させるといいます。最近では、癌《がん》の末期患者に落語を聴かせるなど、お笑い療法が効果を上げているらしい。

笑いが文化であり、ユーモアが批評であることは間違いありません。しかし、その反対に泣くとか悲しむということが、人間の生命にとってマイナスであり、劣ったことかといえば、それは絶対に違うと思います。

ときには泣いて魂を浄化させることも必要です。カタルシスというのはそういうものでしょう。また、悲しむことによって生まれるユーモア、悲哀《ひあい》のなかから生まれるユーモアもある。笑いを大事にすることは、同時に悲しむことや泣くことを大事にすることでもある。この二つは表裏一体でなければいけないのではないか。

じつは日本人というのは、素戔嗚尊《すさのおのみこと》の時代からよく泣いていました。『古事記』『日本書紀』には、素戔嗚尊が激しく泣いたことが書かれています。彼が泣いたために地上の水が涸《か》れてしまい、山の緑は枯れ、川や海は全部干上《ひあ》がってしまったという。

また『源氏物語』の光源氏《ひかるげんじ》も泣く。『平家物語』の武将たちも泣く。近松門左衛門《ちかまつもんざえもん》の浄瑠璃《じょうるり》や歌舞伎に出てくる町人たちも泣く。むかしの日本人はみんなよく泣いていたのです。泣くことを感傷や動物的な本能の氾濫《はんらん》ではなく、ひとつのカルチャー、作法として洗練させてきた民族だと思うのです。

だから、泣くべきときにはきちんと泣く、泣くべきでないときは歯を食いしばって泣かない、というモラルがおのずとつくられてきた。にもかかわらず、泣くという文化を前近代的であると切り捨ててしまうのはおかしいのではないか。泣くこともできないような乾《かわ》いたこころで、本当に腹の底から笑えるものでしょうか。

涙と笑いというのは一体だ、というのが私の説なのです。

泣くなんて、と馬鹿にする人もいるでしょう。でも、メロドラマを見てちょっと目頭《めがしら》が熱くなることくらいはあっても、大地に身を投げだして地面を拳《こぶし》で叩《たた》きながら号泣《ごうきゅう》するという泣きかたを、一度でもしたことがあるでしょうか。

そう自分に問いかけてみると、そういえば泣いていない、と気づきます。でも、深く泣くことのできる人だけが、本当に笑うことも知っているのです。

いまテレビやなにかに氾濫しているお笑いは、表面的で条件反射みたいな笑いです。あいうのは笑いといっても、非常に底の浅いものではないでしょうか。

24　悲しみの水脈を掘り起こそう

民俗学者の柳田国男《やなぎたくにお》は一九四一（昭和十六）年に『涕泣史談《ていきゆうしだん》』という論文を発表しています。そのなかで、日本人は泣くという行為を文化の域にまで洗練させた、と述べている。さらに、最近日本人が泣かなくなったのははたしてよいことだろうか、と憂えています。

明治の日本人は泣くべきときはよく泣いた。立ち直る気力のある人に対して、励ましは役に立ちます。けれども、立ち直る気力すら持てない人もいる。相手の痛みや悲しみを受けとめながらも、言葉によって救うすべがないとき、昔の日本人はため息をつき、うめき、そしてともに涙したのです。

しかし、戦後の五十数年間というもの、日本人はひたすら物の豊かさを求めてきた。笑いや喜び、前向きであることを美徳として突っ走ってきたのです。そこでは悩みや悲しみはタブーでした。元気のよさなどプラス思考が優勢になって、日本人は泣かなくなった。

しかし、本当の希望とは、暗闇《くらやみ》のなかに一条《いちじよう》の光を知らなければわからないと思います。これからは人間のこころや精神が問われる時代です。私たちは喜びと悲しみ、強さと弱さ、モノとこころを両輪にして生きていかなければなりません。二十一世紀の人間像は、泣くべきときに泣くことのできる人ではないでしょうか。荒野のような現代に、悲しみの水脈を掘り起こすことが必要だと思います。

沖縄のミュージシャンである喜納昌吉《きなしょうきち》さんが、本土にむけてメッセージとして発信した「花」という有名な歌があります。それがリリースされた一九七〇年代末、「泣きなさい、笑いなさい」というメッセージは、バブル経済へ向けて疾走《しっそう》していた本土の私たちのこころに届くことはありませんでした。積極的なプラス思考全盛の日本全体の風潮のなかでかき消されてしまったのです。

ところが、「花」は九〇年代になって大ヒットしてNHKの紅白歌合戦にも登場しました。じつに多くの日本人があの歌を口ずさむようになった。それは、日本人が涙を流すことをごく自然なことだ、大事なことなんだ、と思いはじめたからかもしれません。日本人がそういう情感というものを、切実に求めるようになったのではないでしょうか。

阪神・淡路大震災から次々に大事件が起きて、ようやく「泣きなさい、笑いなさい」というリフレインが、私たちの耳に届いてきたのだと感じます。

同時多発テロやアフガン情勢に対しても、それを客観的に批評したり解説するより、まず悲しみ、嘆《なげ》く情感を回復することが第一歩ではないかという気がするのです。

25　現世でプラスのものが、宗教ではマイナスになる

「戦争の世紀」といわれた二十世紀が終わり、二十一世紀の最初の年となる二〇〇一年は、世界に大きな衝撃を与えたテロ事件からはじまりました。

あの事件以来、精神的、肉体的にすっかりまいってしまって最低の状態でした。眠ろうとしても、二～三時間ですぐ目が覚める。それは年のせいだと笑われましたが、やはりそれだけではなさそうです。

二十世紀から二十一世紀に変わっていくなかで、宗教はどういう役割を果たせるのか、あるいは逆に世界を混乱に陥《おとしい》れるのだろうかなどと、私はこの十年来考えつづけてきました。あのテロ事件のときも、まっさきに思ったのはそのことです。

アメリカの人たちが聖書を大事に考えるなら、同時多発テロを受ければ、報復攻撃をするどころか、左の頬《ほお》も出さなければいけないことになる。「右の頬を打たれたら、左の頬も差しだせ」と書かれているからです。「汝《なんじ》の敵を愛せよ」という言葉もある。しかし、そんなことをしていたら生きてはいけないのも現実です。

このように、宗教というものは、ひょっとしたら本来、世間に対しては徹底的に無意味で、無力なものかもしれません。

だからといって、宗教は無力でいい、とそのまま居座っているわけにもいかない。私は幾度もの挫折《ざせつ》や迷いのあげくに、親鸞《しんらん》や蓮如《れんによ》という人物の言葉に出会いました。それによって自分を立て直し、そのレールの上で一応のこころの安定を支えてきたのです。

ところが、あのテロ事件以来、突然そのレールをはずされて内面がガタガタになったような気がする。いまは途方《とほう》に暮れている状態だといえるでしょう。

経済が前へ前へと加速して突っ走っていく「アクセル」だとすれば、宗教は「ブレーキ」です。あくまでも宗教は経済成長を減速させるもので、アクセルの役割を果たしてしまってはいけないのです。それに対して、政治は「ハンドル」でしょう。つまり、現世でプラスのものが、宗教ではマイナスになる。宗教とは本来そういうものだと思います。

「汝の敵を愛せよ」といっても、世界各地で絶え間なく戦争は起こっている。それでも、ふと頭のなかをこの言葉がよぎることもあるでしょう。そうすれば、敵を殺すことを思い悩み、十人殺すところを五人でやめるかもしれません。

キリスト教社会では、宗教は明確なブレーキとして社会システムに生きていて、人びとのこころに対する抑止力として働いているのだと思います。

26　宗教はそもそも反社会的なものだ

昨年、『中陰《ちゆういん》の花』で芥川賞を受賞された玄侑宗久《げんゆうそうきゆう》さんとお話する機会がありました。玄侑さんは作家であり、臨済宗《りんざいしゆう》のお坊さんです。

そのとき、9・11の同時多発テロ事件の話がでたのですが、玄侑さんはおもしろい表現をしていました。地球をひとつの生命体として「ガイア」と呼ぶ考えかたからすれば、アメリカがアフガニスタンを報復攻撃するのは、体の一部の癌《がん》細胞を撲滅《ぼくめつ》しようとしているように見える、と。

たしかにそうかもしれません。癌というのは学級のなかに生まれた非行少年のようなものです。だから、クラスメートや家族から隔離《かくり》して処理するだけ、というのはあまりいい方法とは思えません。とくに、その非行少年が真面目《まじめ》な性格だった場合には。

これは素人《しろうと》の暴論として笑われてしまいそうですが、私の直感では、癌細胞というのはすごく真面目な働き者なのです。老化のために倒れたり、紫外線のために倒れた細胞の代わりに、俺たちががんばらなきゃ、と別の細胞が一所懸命がんばって増殖していく。

ところが、そうやってひたすら増殖していった細胞が、なにかのきっかけで暴走状態に陥《おちい》ってしまう。加速するにつれて自分ではブレーキがかけられなくなる。その状態が癌なのです。いわば善意の暴走。だから、やっつけるという考えかたではなくて、なんとかして暴走をとめてあげなければいけない。

私は、宗教というものは根本的に反社会的なものだと思っています。たとえば、テロ事件が起きたとき、宗教がそれに対してすぐに役に立つ、というふうに考えるのは間違いです。宗教は実生活のなかでは役に立たないどころか、むしろ反対のものでさえある。つまり、信仰をえたからといって、すぐに癌が治ったり、幸せになったりするわけではない。逆にいっそう重荷が増えるのです。

それに対して、人間にできる程度のことをいうのが道徳です。宗教が道徳や処世術《しょせいじゅつ》と違うのは、宗教では現実にはできないことをいうからです。

でも、現実にはできないからこそ宗教は意味がある。というのは、信仰をえて重荷が増えるところから希望も生まれてくるからです。不思議なことに、信仰によってその重荷に耐える力がわいてくる。それが宗教というものではないでしょうか。

宗教がそもそも反社会的なものだということは、くり返し強調しておきたいと思う。一遍《いっぺん》も一休《いっきゅう》も蓮如《れんにょ》も、その時代においてはみな危険人物視された人たちだったのですから。

27 タリバンは現代の狂牛病ではないか

二〇〇一年はテロリズムという〝見えない戦争〟と、狂牛病（BSE）という食生活における危機に覆《おお》われた年だった気がします。この二つの問題は、じつは結びついているような気がしてなりません。

フランスの哲学者が狂牛病について「動物に共食いさせた天罰《てんばつ》だ」というようなコメントをしていました。なぜ狂牛病が発生したかと考えてみれば、人間が生産の効率化のために、牛に肉骨粉《にくこつぷん》を与えたことが原因です。つまり、文字通り共食いをさせた結果だということになる。そして、その牛を食べて死者がでる騒ぎになった。すると、今度は狂牛病にかかったりその疑いのある牛を焼却することで、問題を解決しようとしているわけです。

キリスト教的一神教《いっしんきょう》の思想では、人間は神に選ばれた特別な存在であり、地球の王です。それ以外の動物や家畜はすべて人間に奉仕すべきだということになる。そう考えると、今度の狂牛病は、牛たちの人間への復讐《ふくしゅう》のようにも思えてきます。

人間も他の動物も遺伝子の構造から見れば共通していて、差はわずかにすぎません。仏教では「草木国土悉皆成仏」といい「一切衆生　悉有仏性」といいます。自然界のあらゆるものに、草にも木にも虫にもすべてに命があると考えているのです。

尊いのは人間の命だけでしょうか。命あるものはみな平等だ、と考える敬虔《けいけん》さが私たちには必要なのではないでしょうか。

私にいわせれば、タリバンは狂牛病なのです。つまり、オサマ・ビンラディンやタリバンは、アメリカにとっての〝牛〟だったのでしょう。

アメリカは、彼らに武器や資金という〝肉骨粉〟を大量に与えつづけてきました。それは、効率よくソ連軍をアフガニスタンから排除するため、あるいはアフガン内戦をコントロールするためでした。その結果、彼らは〝狂牛〟となってしまったのです。

そしていま、彼らを生みだした側は、その〝狂牛〟を殺害し、焼却処分することに懸命になっている。しかも、〝狂牛〟ではない人びとまでがその巻き添えになっています。

アフガニスタンだけではありません。いまの先進国と開発途上国との関係は、だいたいどこも同じようなものではないかと思ってしまいます。

これは、世界を合理的に運営して大きな利潤を生むために、やるべきでないことをやってきた文明社会の大きな危機ではないのでしょうか。いま、ルネッサンス以来の大きな文明の変動が地響《じひび》きをたてて起こりつつある。私にはそんな気がするのですが。

28 アメリカ人になろうとしても駄目だ

日本の若者たちのファッションやカルチャーを見ていると、彼らはアメリカ人になりたいのではないかという気がします。だから帰国子女に憧《あこが》れるし、横文字でうたう歌が好きだし、英会話を勉強しているし、髪の毛は金色に染めている。将来、アメリカが世界の優越民族になるのなら、アメリカ人になってしまえばいいじゃないか、という気持ちが無意識の欲望としてあるのではないのでしょうか。

というのは、いま非常にわかりやすいことが、彼らの目の前で起こっているわけです。そのわかりやすいことをストレートに言ってしまうと、身も蓋《ふた》もないことになってしまう。だから、学者や評論家の人たちも婉曲《えんきょく》にしか言っていません。けれども、その身も蓋もないことが現実に進行しつつある気がするのです。

それは、力を持っているヤツが正義だ、ということ。そんな時代に変わったということです。

それに対する批判の声はもちろんあります。でも、現実には力が正義であり、それが世界でまかり通っている。若者たちはそれを肌で感じているのではないでしょうか。

それならいっそのこと、アメリカの国籍を取って市民権を持って、アメリカ人になればいいじゃないか、ということになる。しかし、アメリカ人になっても無駄《むだ》だということは、彼らもちゃんとわかっているのでしょう。同じ国民でも新入りの人や後からきた人は、早くから既得権を持っている人に差別される。仮にアメリカ人と結婚してアメリカのパスポートを取ったとしても、二代三代のちまで差別は強烈につづくでしょう。

自分がアメリカ人になってしまえば、世界の優越民族に、つまり被支配者から支配者グループに仲間入りできるんじゃないかという錯覚があるのだろうけれども、それはむずかしい。もし入ったら、たいへんどころか、かえって強力な差別を受けることになる。いいかたは悪いけれども、日系米国人というだけで差別の対象になるわけです。そう考えると、いまから日本人がアメリカ人になったところで、やはりそれは駄目。

一方で「嫌米《けんべい》」という言葉もありつつ、アメリカに憧れる「憧米《しょうべい》」という雰囲気のなかで、いま私たちは暮らしています。その二つのギャップのなかで、非常に矛盾《むじゅん》した不思議な心理状態が生まれている。日本人のアイデンティティをきちんと確立するのではなく、疑似《ぎじ》アメリカ人になりたいという気持ちがある。そう思いつつ、やはりなりきれないものがある。そこにも、日本社会の大混乱がひとつあるのではないでしょうか。

29 未曾有《みぞう》の〝大変な時代〟がやってきた

最近の日本の音楽のヒットチャートを見ると、十曲のうち九曲くらいは横文字の歌ですし、グループ名も多くはカタカナか英語です。これもグローバル化の悪しき影響というべきなのかもしれません。あるいはアメリカ化といったほうがいいでしょう。

少し前にポーランドへいく機会がありました。私たちからすると、ポーランドは映画の王国といってもいい国です。『地下水道』とか『灰とダイヤモンド』など、映画史上に残る名作がたくさんありますし、アンジェイ・ワイダ監督も健在です。

ところが、街を歩いているとレンタル・ビデオ店がたくさんあって、人気ビデオのベストテンの一位から九位までがアメリカのハリウッド映画です。ベストテンの残りひとつに、ようやくポーランドの映画が入っていました。

つまり、こうした状況は日本ばかりではありません。ポーランドも、アメリカ文化に完全に支配されている。おそらく、世界中がそうだといってもいい過ぎではないでしょう。

いま、歴史観も文化に対する見かたもすべて一変してしまうほどの新しい時代が到来した。それは超帝国主義の時代、スーパー帝国主義の時代だといえると思います。ひとつの「帝国」がこれほど世界を覆《おお》ってしまったことは、これまでの人類の歴史にはありません。

実際に私は地図の上で、かつてのローマ帝国の版図《はんと》に色を塗《ぬ》ってみました。そうすると意外にたいしたことはありません。ほかにもサラセン帝国とか、チンギス・ハーンたちのモンゴル帝国とか、清朝とか、ムガール帝国とか、いろいろな帝国の版図を調べてみました。しかし、どれも思ったほどではありません。大英帝国がもっとも多くの植民地を支配していたときでさえ、地球の陸地全体の四分の一程度なのです。

それに比べて、冷戦終結後の現在、アメリカの軍事力による覇権《はけん》が及ばないところは、地球上にはないといえるでしょう。人工衛星やインターネットを使い、エシュロンといわれるような傍受《ぼうじゅ》組織を発達させ、世界中のどこの状況も瞬時に確認できるようになった。

以前のように、現地に総督が派遣されて、植民地を銃剣で支配するという形ではない。しかし、実際に強大な経済力や軍事力などによって、大きな世界支配国家が出現したといえる。はじめて、一国の覇権で世界を支配する時代が到来したのです。キューバのカストロやリビアのカダフィでさえ、表だっては逆らえない。中国にもまだそれだけの力はありません。歴史学者はこうしたことを指摘《してき》しません。しかし、じつは私たちが過去に経験したことがない〝大変な時代〟がやってきているのは間違いないと思います。

30　強大な覇権《はけん》国アメリカに支配されて生きるとき

言葉の上では「グローバリゼーション」といいますが、よその国に自分たちの文化を広めるというのは、帝国主義のやりかたです。それがさらに「超」のつく帝国主義の時代になった。アメリカが主導するグローバリゼーションであり、アメリカの超帝国主義です。

その支配下にある私たち日本人はインターネットを覚え、英語を学ぶ。英語学習の本がベストセラーになり、全国各地どこへいっても英会話スクールのない地域はない、というのが現状です。日本人は、遅かれ早かれ英語を第二外国語として使うようになるでしょう。ただし、言語には魂がある。「言霊《ことだま》」というものがあるのです。いくら実用的な道具として英語を学んでも、それは、本当の意味で英語を身につけたことにはなりません。

それでもいま、世界中が英語化している。インターネットで使用されている言語の八割以上は英語だということです。そして、映画やエンターテインメントはハリウッド化していく。このアメリカ支配ということは、ある意味では植民地のかたちにほかならない。その時代がはたしてどれくらいつづくのか。

『平家物語』には「盛者必衰《じょうしゃひっすい》」という有名な言葉があります。超大国アメリカもやがては国力が衰《おとろ》えて崩壊《ほうかい》していき、崩壊のなかから再生するときがくることでしょう。しかし、崩壊にいたるまでは、最低五十年から百年はかかるのではないでしょうか。

そう考えると、いまこの列島に生きているすべての人びとが、死ぬまでのあいだずっとその覇権《はけん》のもとで、支配されつつ生きなければいけないということになります。

そのとき日本人は、植民地被支配者として宗主国に対して従属《じゅうぞく》する立場で生きるのでしょうか。あるいは徹底抗戦するというかたちで生きるのでしょうか。それとも、二重のかたちでゲリラ的な心情で生きるのか。選択が迫《せま》られるのはそこでしょう。

やはり、軍事的には支配されていても、文化的には尊敬されている国として生きていくことが望ましいのではないでしょうか。そのためには、日本人自身が、日本人の持っている大事なものを自覚することだと思います。そして、それを日本人独自の文化としてきちんと育てていくことです。

とにかく大変な時代になった、とため息がでてしまいます。七〇年代、八〇年代までの日本は、アメリカに追いつけ追い越せでやってきた。経済大国、技術立国を目指してひたすら走りつづけていればよかった。それを思うと、つくづくあの時代は楽だった、と思わずにはいられません。

31　こころの不良債権と精神のデフレ

ここ数年、日本では不良債権とか大失業とかデフレが深刻に語られています。しかし、歴史をふり返ってみれば、こうした経済問題は幾度もありました。

たとえば、奈良時代の東大寺の大仏殿造営や頻繁《ひんぱん》に行われた遷都《せんと》も、不況脱出の財政出動だったといわれています。不良債権問題は、いつの時代にもくり返し発生している。借金を徳政令《とくせいれい》で棒引《ぼうび》きにしてしまうような乱暴なこともやってきたわけです。

なによりも、敗戦後にどんなことが起こったかを思い出せばいい。いまからは想像もできないようなことが平然と行われたのです。

まず政府は土地の私有制度を一部廃止して農地解放をしました。そして、ペイオフどころではない預金の全面封鎖をする。タンス預金は、新円切り替えで紙クズ同然にし、戦時公債も無価値にしたわけです。

これだけの驚天動地《きょうてんどうち》の政策を行いながら、その二十五年後に日本人は大阪万博を開催し、高度成長期へと疾走《しっそう》していったのでした。

そのことを思い出してみれば、不良債権やデフレなどの問題は必ず乗り越えられると思います。今回も二十五年もたてば、日本は必ず経済的繁栄を取り戻すに違いない。日本人はそれだけの活力と知恵を持っていると私は信じています。

しかし、日本がいま直面している大きな問題、危機的状況とは、そうした経済問題ではありません。いま起こっている問題とは〝こころの不良債権〟であり、解決しなければならないのは〝精神のデフレ〟ではないかと私は思う。

一九九八年から四年連続して年間三万人以上の日本人が自殺しているのです。いままで何度も指摘していることですが、これは異常な数字だというべきでしょう。自殺とは〝精神的な自己破産〟であり〝魂の不良債権〟なのです。

しかも、これは政策で解決できるような簡単な問題ではありません。三万人以上もの人たちが毎年自ら命を絶つという事態は、過去にまったく体験していないだけに、その解決はむずかしい。

自殺が多いということは命が軽いということ。命が軽いということは、乾《かわ》いているということ。いまの日本が抱える最大の課題は、あらゆるものが乾ききってしまったことです。「情」というものを忘れさった日本社会を象徴しているのが、こころの不良債権と精神のデフレではないかとも思えてくるのです。

32　私たちは「白道《びゃくどう》」という危険な道を渡っている

仏教には「白道《びゃくどう》」という言葉があります。「二河《にが》白道」ともいう。西方浄土《さいほうじょうど》へいたるには、恐ろしい火と水の「二河」にはさまれた細い道を渡っていかなければならない。右に落ちるか左に落ちるか、という危険な道を歩いていって、人ははじめて浄土に達することができる、というわけです。

人間が生きているというのは、そういうことなのではないか。広々とした快適なハイウェイなどありはしません。この世に生まれ落ちて生きていくということは、ある意味では、地獄のような世界のなかを彷徨《さまよ》っているということなのです。

いま、中高年の男性の自殺者が非常に増えています。警察庁の発表によれば、二〇〇一年の年間の自殺者は三万千四十二人で、四年連続で三万人を超えたそうです。しかも、そのなかの七割強が男性で、年代別では五十代以上が全体の約六割を占めるという。

「男の更年期《こうねんき》」と呼ばれる五十代にさしかかった人たちが、自分はこの道一筋にいくぞ、というなにかを見つけることができず、いたずらに時間がすぎていく。そんな焦《あせ》りが、彼らのこころの空白としてあるのではないでしょうか。

あるいは、自分が立っている場所は白道の危《あや》うい細い道であり、そこをふらふらと渡っているのだ、という自覚が意外に薄いのかもしれません。本当に危機感があれば、新しいエネルギーも自然とわいてくるような気がするからです。

とはいえ、白道を渡っている人間が、人生を設計図通りに生きられるものでしょうか。

私はいままで、自分の人生の設計図なんてものは描いたことがありません。やりたいことをいまやって、あとのことは目に見えない大きな力に身を委《ゆだ》ねてしまう。その力が自分をどこかへ運んでいってくれるのに任《まか》せる。無意識のうちに、そういう生きかたを選んできたのかもしれません。

しかし、マスコミなどが現代人の生きかたを論じるときには、たとえば六十歳までにどのくらいお金を貯めればいいとか、年金だけでは心配だから投資信託で資産運用したほうがいいとかいう話が多い。設計図のための情報が非常に多いように思います。

私たちはみな「白道」という危険な道を歩んでいる。いわば「きわどい人生」を生きているわけです。無計画だと怒られるかもしれませんが、人間は運命というか、目に見えない大きな力を感じるほうが大事なのではないか、という気がします。

33　枯れてはいけない

「枯れた」という言葉があります。

植物だけではなく、人間に対しても使われています。晩年を迎えた人が、お金とか地位とか俗事にこだわらなくなった境地を表現したり、「わび・さび」にも通じる美意識として用いられているようです。

そう考えると、「枯れた人」と言われた場合は、一応ほめ言葉だと受け取るべきなのでしょう。しかし、私はそれにちょっと異議を唱《とな》えたい気がしています。むしろ、いくつになっても「枯れてはいけない」と言いたいのです。七十代、八十代になっても「セクシーだ」と言われるくらいのほうがいいのではないでしょうか。

「枯れた」というのは、もう人生のステージには立っていない、ということです。現役ではない、ということです。人間の一生をひとつの舞台だと考えれば、いつまでも自分をいきいきと表現する生きかたをしたほうがいいのではないか。そして、そういう自分を見つめて応援している観客がいる、という気持ちで生きていくことが大事だと思うのです。

たしかに、年を取るにつれて、他人の目を気にしなくなることが多いようです。たとえば、電車の空席になりふりかまわずに走りこむとか、服装もどうでもよくなるとかいう。それはやはりまずいのではないか。

まだ人生のステージに立ってスポットライトを浴びている人、自分の前にいる観客の目を意識している人なら、見栄をはってでもそういうことはしないでしょう。

私は、本当の「わび・さび」というのは、枯れきったというよりは、じつはすごく色気があるものだと思っています。その背景には、安土桃山《あづちももやま》の絢爛豪華《けんらんごうか》な美術や金閣寺などに見られる見識が存在している。そこから生まれてきた「もののあわれ」を感じる文化が「わび・さび」に通じているからです。

人間も年を取って枯れるより、むしろ俗《ぞく》っ気《け》があるくらいのほうがいい。あまり早く枯れてしまってはいけないと思うのです。

世間から身を引いて孤独のなかに入っていくことが、高齢者の生きかたのように見えますが、じつはそうではない。俗っぽいことを嫌わずに、できるだけ人間くさく生き抜くことが必要なのではないでしょうか。

いくつになっても枯れることなく、俗っぽく人間くさく生きたいものです。

34　年齢を超えて、いつまでも色気のある人

年齢を超えて、いつまでも色気がある人がいます。

以前、陶芸作家の加藤唐九郎《かとうとうくろう》さんが最晩年のころに対談する機会がありました。そのとき、「五木さんは、美しい女性とすれ違って、ふり返って見るかい？」と聞かれました。私が「最近は、すれ違うときにちらっと見るぐらいで、あまりふり返りません」と答えたら、「だめだよ。僕なんかふり返るだけじゃなくて、ついていく。この年になってまだついていくんだよ」とおっしゃったのを、いまでもはっきり覚えています。

加藤唐九郎さんは、晩年までダンディで色気があっておもしろいかたでした。その加藤さんの仲のいいガールフレンドというのが、地唄舞《じうたまい》の武原《たけはら》はんさんだったのです。七十を過ぎた男性と女性が二人で冗談をいい合っている姿が、非常になまめかしかった。

私は仕事で武原はんさんともよくお会いする機会がありました。そのとき実際にはおいくつなのか知りませんでしたが、それはきれいで魅力的でした。

色気というのは容貌《ようぼう》だけではありません。文章にも色気のある文章があり、政治にして

もセクシーな政治があります。私は、意外にイギリスのブレア首相はセクシーだと思っています。親鸞《しんらん》も怖《こわ》い人だけれどもセクシーですし、蓮如《れんにょ》はいうに及ばずです。

ここ数年、白洲《しらす》正子《まさこ》さんが大ブームになっていて、いろいろなかたちで彼女を偶像視するような向きがあります。当代まれな美意識を貫《つらぬ》かれた女性だけに、それは当然かもしれません。けれども、崇高《すうこう》な存在として、神棚《かみだな》にまつり上げてしまってはおもしろくない。

生身《なまみ》の白洲さんはとても色気のある女性でした。デビューしたてのころ、私が川端康成《かわばたやすなり》さんや安岡章太郎《やすおかしょうたろう》さんと一緒に、銀座の有名な文壇バー「ラ・モール」へ行ったときのことです。向こうから背の高い格好のいい洋装の女性がすたすたと大股《おおまた》で歩いてきて、いきなり「ギャルソン！」と私に呼びかけた。踊ろうというわけです。

私はまさか自分が声をかけられているとは思いもしなかったので、「ええーっ？」という具合でした。もじもじしている私をじれったそうに、彼女は「なにしてんのよ」と私の手を引っぱると、まん中のフロアで踊りだした。

その女性が誰なのか知らなかったので、あとで「あのかたはどなた？」と編集者に聞くと、「あれが白洲正子という人だよ。知らなかったのか？ 素敵な人だろう」と教えてくれたのです。あのとき白洲さんとチークダンスを踊ったというのは、生涯の思い出になっている。私のなかの白洲さんは、いまも若くて美しい色気のある女の人なのです。

35　山をめざす人間と海をめざす人間

人間は年を取ってくると、進む方向としては二つあるでしょう。ひとつは高い山をめざして登っていくという方向です。もうひとつは反対に低きにつくという方向です。

高い山をめざすのは、年を取っても名声欲や金銭欲、事業欲などがいっこうに衰《おとろ》えない人でしょう。そういう人は貪欲《どんよく》に山の頂上をめざして登っていく。一方、昔はそうしたものに関心があって山を登っていったけれども、年を取るにしたがって、質の高い仕事をして、心ある人にきちんと評価されたい、と思うようになる人もいる。その人はいままでとは違う山をめざすのでしょう。それはそれで、人間の欲としては結構なことだと思います。

一方、低きにつくという人は、沢へ降りていって川の流れとなって、平野部を下っていこうとする。やがて他のみんなと一緒になって海へ注ぐ。海へは清流も濁《にご》った水も全部混ざって流れこんでいくわけです。

つまり、山をめざす人間と海をめざす人間とがあるのではないか。

私はモットーとして、水の流れと同じように低きにつこう、どんどん猥雑《わいざつ》な方向へ降りていこう、とつねに自分に言い聞かせている。最後は海へ流れこむのが理想です。

ですから、いまでも歌のCDの制作をしたり、テレビの歌番組に関係したり、ラジオはもう二十五、六年ずっと深夜放送をやっている。あまり高級なメディアより、俗っぽい舞台のほうが性《しょう》に合っているからです。それに、現場と切れずにやっていくことはすごく大事だと思っているのです。

最近、歌謡曲だとか演歌だとか言っているのも、まさに絶滅寸前と言われるそうした弱いものに肩入れしたい、という気持ちがあるのでしょう。

基本的に、いまの時代のなかで自分の生きかたとして、低きをめざすということを一所懸命考えています。誤解されるかもしれませんが、カルチャーというものはいつも、卑俗《ひぞく》と言われるもののなかから生まれていると思うのです。だから、俗なものへ、俗なものへと下降していきたい。

自分ではかなり低いところにいるつもりでいます。ただし、それも錯覚にすぎなくて、やはり世間から見れば、結構高いところにいるのかもしれません。逆に、おまえはそんなに高いところにいると思っているのか、と笑われてしまうかもしれませんが。

36　一度降りてからでないと別の山には登れない

昨年夏、スウェーデン、フィンランド、ノルウェー、デンマークと北欧四ヵ国をまわってきました。そのとき、こんなふうにヨーロッパの片田舎というか端《はし》にあって、自分がメジャーだと主張しないのも、結構悪くないなと思いました。

黄昏《たそがれ》の白夜《はくや》のなかにじっとしていて、ちょっと淋《さび》しいけれども、穏やかな感じがする。つねに檜舞台《ひのきぶたい》の上に立って走り回らなくてもいいじゃないか、という気がしたのです。

日本の場合はどうでしょうか。日本人はいま、息苦しさを感じながら生きています。それは、バブル崩壊以前のさまざまな成功体験というものが邪魔をしているのかもしれない。そして、相変わらずの前年比志向に足を引っぱられているような気がします。

高度経済成長の時代には、企業は前年比で何パーセントかずつ売上げや業績が上がっていくのが前提でした。いまはそういう時代ではないにもかかわらず、上がらないのはおかしいと思っている。グラフがフラットだと下がっているという意識がある。

たとえば、公共の図書館の運営でさえもそうです。県の行政から来る館長さんは、任期が二年か三年程度です。その短い期間に、前任者のときより入館者数と貸出冊数を上げていかなければいけない。そうしないと実績にならない、という思いこみがあるのでしょう。この前年比志向というのが、じつは問題ではないでしょうか。

私はもうそれをやめて、前年比下降型に切り替えたほうがいいと思っているのです。頂上をめざして登っていくのも登山ですが、いったん頂上に立ったあと、里へ降りていくのも登山です。いま自分は登っているときなのか、あるいは降りているときなのか、ということを考えていなければいけません。降りていくときに、登っているという意識でいると転《ころ》んでしまいます。転ばずに、いかに優雅に、いかに見事に、いかに洗練された足どりで麓《ふもと》までたどりつくか。それもひとつのカルチャーだと思う。そして、山を降りたらまた別の山に登ればいいのです。頂上から頂上へ行くことはできません。

日本という国はバブルのころ、GDP世界第二の経済大国になった。いっぺんは頂上をきわめたのです。これからは、裾野《すその》をずっと降りていくのだと思えばいい。

日本人は降りていくのが下手です。GDPは下がっていい。生産を縮小し、個人の生活ももっと簡素にして、静かに先進国のサミットから後退すればいい。そこから次の時代にまた登る。頂上にいつまでもいようと頑張っていても、一度は降りなければ登ることはできないのですから。

37　人生をいかに優雅に降りていくか

人生で「天命《てんめい》を知る」ということは大事だと思います。昔の「人生五十年」というのは、そこまで生きるということではなくて、達成目標でした。五十年生きたい、という夢です。日本人の平均寿命が五十歳代になったのは戦後の一九五〇年代になってからで、それ以前は四十歳代だったのですから。

五十歳まで生きたいと願った日本人が、いまや世界一の長寿大国となって、七十代、八十代まで生きられるようになった。そして、五十歳からあとの人生をどう生きるかということを考えなければいけなくなった。

私は人生においてゆっくりと、いかに優雅に見事に降りていくか、と考えています。たとえば年賀状。どんどん届く年賀状が少なくなって五通とか六通になり、しまいに一通も来なくなったときに死ねればいちばんいい。どんどん世間から忘れ去られていくようにして、死んだあとに新聞に三行記事でも載れば十分だ、と。それが理想なのです。

だから、人脈も減らしていこう、友人や交際範囲もできるだけ縮小しようと努力しています。名誉職とか役職なども降りて、文学賞の選考委員も一所懸命に降りようとしている。生活もずっと小さく、簡素にしようとこころがけています。それにもかかわらず、去年より前年比で年賀状の枚数は増えている。これは悲劇です。

遊牧民族の文化というのは、あれだけの大文明をつくり上げながら、ローマの地に神殿もコロッセオも残していません。マチュピチュのような遺跡も残さない。つまり形を残さない。中国の『魏志倭人伝《ぎしわじんでん》』のような文字に書かれた文献もいっさい残さない。

つまり、歴史を残さないという文明があります。残さない文明は動く文明、つまり遊牧民の文明です。それとは対照的に、歴史を残す文明は定住民の文明です。残さない文明は資料がないので、歴史学者たちはそれを無視します。そのため、遊牧民族がきずいた文明の空白部分は、想像力で補って語るしかありません。

このように、定住を望み、歴史に名を残すことを夢とする人たちと、あとに形を残さない生きかたをする人たちがいます。幻の漂泊民《ひょうはくみん》と呼ばれたサンカの人びともそうですが、移動するホモ・モーベンスという人びとの文明に私は非常に興味があります。

自分自身も、死んだあと名前が残ることすらいやだ、墓もつくりたくないという感じを生理的に持っている。だから、いつも日本列島にいて固定されてしまうことに息苦しさを感じ、移動、放浪することを自分のメンタリティとしているのです。

38　不幸でもないが幸福でもない、ぼんやりした場所

近年、あちこちで「幸福論」が話題にされているようです。それは、日本人の幸福感が急速に希薄になりつつあることの裏返しではないか。

人は手ごたえのある充実感を覚えているときは、そのことを論じたりはしないものです。誰もが、幸福とはいったいなんだろう、と不安になってきたのかもしれません。また、幸福の実感がはっきりしない、ということもあるのでしょう。そのためになんとなく心許《こころもと》ない気分が、世の中に広がっているのかもしれません。

私自身、これまでにたくさんの苦労もし、また幸せを実感することも数多くありました。なによりもありがたいことには、戦後五十数年間、それほど大きな怪我《けが》もせず、重い病気で入院したりすることもなく過ごせたことです。貧乏と病気、この二つを親の敵《かたき》と思いこんで生きてきましたが、いまもその考えは変わりません。

金の苦労、家庭の事情、それに病気が重なってしまえば、もうどこにも逃げようがない。幸福論なんてどこの国のお話でしょうか、と食ってかかりたくなるのも当然でしょう。

そこそこに金もあり、ほどほどに健康で、親子兄弟の仲もまずまずという状況を考えてみましょう。こういうなかでは、人はおおむね惰性《だせい》で生きていくものです。いまのこの生活がずっとつづけばいいと思っている。そういう人には幸福論など必要ありません。

また、本当に貧しいなかで育った人間は、テロリストにもなりません。一歩踏みはずして犯罪者になることはあっても、です。革命家は、おおむね恵まれた環境のなかから生まれます。不幸のどん底にある者は、幸福を求めたりはしない。どうしても必要なのは、わずかな金であり、家族のために持ち帰る米《こめ》なのです。

物質的、経済的な幸福というのは、いわば相対的な幸福です。戦後の混乱期のなかでは、闇市《やみいち》で一本のサツマイモを手にしても無上の幸福感を覚えたものでした。現在の携帯電話やパソコンの便利さと、人間の幸福感とは必ずしも一致しません。そこに未知の世界を体験する快感はあっても、幸福感とは異なるのです。

そうなると、問題は、不幸でもないが幸福でもない、というぼんやりした場所に生きていることでしょう。そういう状況での不安ややりきれなさは、十九世紀以降、しばしば小説の主題に取りあげられてきました。それを不幸だと思う人は、いくらでも悩めばいいと思います。幸福と感じられるならば、そのままでいっこうにかまわないでしょう。こうでなければならぬ、などといったことは、この世になにひとつないのですから。

39　生活の要求水準を低く保つ

私がひそかに自分は幸せだと思うのは、かつての最低の暮らしの実感が少しも薄らぐことなく自分のなかに残っていることです。そのため、幸福感の要求水準がかなり低く設定されている感じがある。戦後に引き揚げてきたときは、雨露をしのぐ屋根のあるところに住めて、とりあえず一日ご飯が食べられる生活をつづけたい、と思っていました。それくらい要求の水準が低かったのです。

学生のころは木造アパートに住んでいましたが、共同トイレで風呂もない。夜は三本立てくらいの映画を安い映画館に見にいくのに、片道五十分くらいかけて歩いていました。その当時の食べ物といえばカレーライスなどでしたが、いまもグルメでもないしワインの趣味もない。カレーライスも食べている。生活の単位が全然変わっていないのです。

いま住んでいるマンションは三十数年前に購入したもので、もう築三十五年くらいになっています。それでも、三十数年前に比べて、もっと広いところに住もうという気もない。この建物が老朽化《ろうきゅうか》していくと同時に、少なくとも自分も老朽化していくわけだからこれでいい、という感覚です。

生活の要求水準を低く保つということは大事だと思います。戦後の右肩上がりのなかで育った人は、絶《た》えず前年比を意識しているのでしょう。去年よりも今年、今年より来年の生活は豊かでなければおかしい、とつい思ってしまう。しかし、最低線の設定を低くしておけば、いつも幸福を感じていられるのです。

ですから、それで満足しているということが、私はすごく幸せだと思う。「知足《ちそく》（足るを知る）」など高尚《こうしょう》なことを考えなくても、自分の要求水準をリセットして、戦中、戦後に設定しさえすればいいのです。そう難しいことではありません。

満足して生きられなければ、いつも欲求不満のなかで生きていることになってしまう。人類の進歩というのは欲求不満や欲望がもたらしたのだ、ともいわれます。しかし、その進歩幻想というもの自体が、もはや崩壊《ほうかい》しているのが現実ではないでしょうか。

二十世紀ほど、同じ人類が戦争によって仲間を大量に集団的に殺害してきた時代はありません。南北の格差がこれほど大きくなり、これほどの飢餓《きが》が生じたことも、かつての文明の歴史のなかではなかったと思うのです。そう考えると、人間に進歩などあるのか、という気がしてきます。これからの時代は、一人ひとりが自分の生きかたの軸というものを持っていないと、大変だろうと思います。

40　こころ萎《な》えるときには、大きなため息をついてみる

最近、ベッドに入って電気を消す前や、椅子に座るときとか、気がつくと、いろんなときにため息をついています。

私はため息をつくのをいやだとは思いません。むしろ、ため息をついて腹の底から深い呼吸をするのはいいことだ、と考えているのです。

人間は、誰でもときに「こころ萎《な》える」瞬間があります。たとえば、家族や肉親などが遠くの他人のように感じられたり、親友さえも敵のように思えたりする。自分がひどくちっぽけな、無意味な存在に感じられたりする。

あるいは、自分が生涯の目標にしていたようなことや、熱心に打ちこんできた仕事とか、抱いてきた夢とか、そういうものまでが取るに足らないものに思えてしまう。「ああ、いやだなあ」とつぶやき、なにもしたくないような気分に落ちこんでしまう。

それが「こころ萎える」ときなのです。そんなときに無理に自分を励ましたり、突っぱったりするのは、決していい結果をもたらしません。

韓国で「ハン（恨）」と呼ぶのは、民族のひとつの精神的な文化ともいうべきこころの状態です。この字の意味だけを考えてみますと、「こころの深いところ」に「わだかまるもの」や「からまりあったもの」が存在することを示しています。

その「ハン」を意識するとき、人はえもいわれぬブルーな気持ちに陥《おちい》る。つまり、「こころ萎える」状態が訪れてくるのです。

古い時代の韓国では、そういうときの対処法として、深いため息をつくことを教えたそうです。肩をいからせて無理に自分を励ましたりせずに、背中を丸めて肩を落として、ふーっと大きく深いため息をつく。何度かそういう息をくり返すと、奇妙なことに、ふっとこころが軽くなってくるような感じがします。そのとき、ここから立ち上がってまた歩いてゆけばいいんだよ、と教えたというのです。

まず人間は「こころ萎える」瞬間があるものだ、それは自然なことだ、と受けとめることです。それでこそ生きた人間なのだと考えればいい。そして、そういうときには大きなため息をついてみることです。

ため息などといえば、これまでマイナス思考の象徴のように受け取られたり、無用のものとされてきました。しかし、息は生気（プラーナ）です。本当に深く全身からため息をつくことで、人は萎えた自分を活性化することができるのではないでしょうか。

41 「目覚めよ」よりも「眠れ」のほうが大事だ

眠るということは、目覚めていることより価値がないとする考えかたは、近代の大きな落とし穴だと思います。

たとえば、演劇の世界では、眠れる者たちを目覚めさせることが大事だ、というブレヒトの主張が戦後五十数年たってもまだもてはやされている。しかし、それは違うだろうという気がします。眠っているあいだに人間は想像力を解放し、体力を回復する。眠りによって新しい生活をはじめる、ということもあるはずです。

最近の医学関係の研究でいちばんおもしろいと思ったのは、人間の免疫《めんえき》をつかさどる細胞は、睡眠中に骨髄《こつずい》でつくられているという報告でした。これを聞いて「眠る」ということが人間にとってはいかに大事な営《いとな》みか、とあらためて気づいたのです。

免疫というものは、人間の命をつかさどる上で非常に大きな役割を果たしています。過去においては、非自己が体内に侵入してくるのを拒絶して自己を守る働きをするものだ、と単純に考えられていました。しかし、二十世紀後半になって新しい考えかたがでてきた。それがトレランスということで、非自己をも包含し、それを受容するということです。つまり、免疫には排除と受容の両方の働きがあるということがわかってきたのです。

非自己を決定するためには、同時に自己が決定されなければいけない。すると、免疫の働きによって、自分とはなにかが決定していることになります。要するに、医学が完全に哲学の領域へと越境《えっきょう》してしまうわけです。自分とはなにか、という問題なのですから。

その免疫の細胞は、夜中に人間が眠っているあいだに体内でつくられているという。じつは、人間は眠っているあいだに、自分とはなにかということを決定していく働きをつくりだしているのです。こう考えてみると、人生の三分の一を占めている睡眠は無駄《むだ》な時間などではない。非常にクリエイティブで大事なものであり、人間にとって根源的な営みだということがわかります。

「惰眠《だみん》をむさぼる」というように、眠るという言葉それ自体が悪いことのように言われてきたのは、封建時代以来の生産力志向にほかならない。それは、できるだけ眠らずに、起きて働けということでした。「眠れる人よ、目覚めよ」というブレヒト的啓蒙主義は、もうすでにその役割を終えたと私は思う。

いまの時代は、眠れない人への「眠れ、よい子よ」という子守唄が、とても大事になっているのではないでしょうか。

42 破滅《はめつ》しないために、休む

現代人にとって「休む」ということは、非常に大事なことだと思います。

肉体的、精神的な危機に陥《おちい》ったときは、理性の判断より、体の奥底から発する「内なる声」に素直に従ったほうがいい。その背後には、動物的な自己防衛というか、もうここで休まないと自分の体が危ない、という無意識の意識があるからです。

ただし、その休みの取りかたにもいろいろなスタイルがあるといえるでしょう。

ヨーロッパ系の人たちのように、まとめてドカッと休むか、あるいは仕事と遊びをうまくミックスさせて、なし崩《くず》し的に休んでいくか。

仕事のオンとオフをきちんと分けて、オンとは別人格のようにオフを楽しむ、というライフスタイルもあります。一方、会社に行くことが喜びであり、仕事仲間と接することが生きがいという人もいる。そういう人にとって一番のストレスは、組織から離れることかもしれない。家庭よりも会社にいたほうが居心地がいい、という人もいます。

いずれにしても、完全に仕事を離れてそこから脱出するという過激な休みかたと、仕事と並行して休んでいく方法の両方が考えられるでしょう。ただし、どちらにせよ、休息を取るというのは、本当にそうしようと考えて、楽しくできることではありません。じつはリスクを伴う、ということも考えておかなければいけない。

どんな試みにもリスクはある。休むといっても、ある程度覚悟して休まなければならないわけです。実際、これまでの日本社会では、休まない人たちが出世競争で勝利者となってきました。休むということのマイナス面が、プラスを大きく上回っていたのです。

それにもかかわらず、最近、日本人が休息を求めるようになってきたのはなぜでしょうか。それは、精神的なクライシスをどう回避するか、ということが重大な問題になってきていることと無関係ではない。年間三万人もの自殺者がでているいま、一歩間違えば、誰もが自分の命さえ絶ちかねないという危険があるのです。

しかし、そのときに語られる「休息」の必要性とは、働かなくてもいいということとは違います。「休むことのすすめ」は決してドロップアウトのすすめではない。

むしろ、これからいっそうシビアになっていく実績社会、選別社会のなかで生き残っていくために休息が必要なのです。自分がクライシス・モーメントの臨界点《りんかいてん》に達したと思ったとき、破滅しないための転換法なり、生活のなかの句読点としての休みを取る。それは、自分の責任で自分の身を守る、ということにほかなりません。

43　人生における三回の休息

私は過去に三回、仕事を休んだことがあります。

一回目は、東京で放送作家や作詞家をしていた三十代のころ。その仕事をすべて整理して、モスクワ・北欧へ旅立ちました。帰国したら東京から金沢に移り住んで、古本屋かカウンターのコーヒーショップでもやろうか、などと考えていました。

しかし、結局、その旅での経験をもとにしてデビュー作『さらばモスクワ愚連隊《ぐれんたい》』を書いたわけです。その休息が自分の第二の人生の糸口になったともいえるでしょう。

二回目は、作家になって七年目のいちばん忙しい時期でした。そんなときに三年間の休みを取ったため、「休筆」と呼ばれてかなり世間に騒がれ、マスコミの話題にもなったものです。現場を離れるというのは、いわば戦線を放棄することです。戻ってこようとしても、自分の椅子があるとは限らない。周りの人たちからはずいぶんそういわれました。

でも、結果的にはその三年間の休みがなければ、いまの自分はなかっただろうと思われます。それほど私にとっては大事な時間になったのでした。

当時、正直なことをいえば、このままでは体が駄目になってしまうという直感がありました。想像できないほどの忙しさで、心筋梗塞《しんきんこうそく》や狭心症《きょうしんしょう》のような症状に襲《おそ》われたこともある。それは、この状態がつづいたら危ない、と生命の危機さえ感じさせるものでした。

二回目の休息は、まさにそうした肉体的な危機から逃れるための休息だったのです。

三回目の休息を取ったのは、日本がバブル経済へと向かっていく時期でした。引き揚げ以来、二人三脚のように暮らしてきた弟が急逝《きゅうせい》したこともきっかけでした。五十歳という年齢が自分の人生に大きくのしかかってきたこともありました。

さらに、自分と時代とがものすごく乖離《かいり》してしまっているという感覚が、こころのどこかにあった。いわば人生の無常ともいうべき一種の寂寥《せきりょう》感に包まれ、仕事をしていくことへの疑問を抱いていたとでもいうのでしょうか。そんなとき、京都の龍谷《りゅうこく》大学で聴講生として学び、親鸞《しんらん》や蓮如《れんにょ》に出会ったのです。

思い返してみると、三十代、四十代、五十代それぞれの時代に、だいたい七年間働いて三年間休んでいます。仕事を休むときには不安と心細さを感じることもたしかです。しかし、もしあの三回の休息を取らなければ、どうなっていたことでしょうか。

一心不乱《いっしんふらん》に働いた時期も大事ですが、むしろいまの自分を支えてくれているのは、人生における三回の休息だった、と思わずにはいられません。

44　内なる声に素直に耳を傾ける

人間の一生にはバイオリズムがあります。

何事も調子良く進んでいき、いけいけドンドンで向かっていくだけでいいときもある。そうかと思えば、体を野に伏せて嵐をやり過ごさなければならないような時期もある。そうしたことを人間の身体やこころは敏感に感じとって、本人に対して必死で訴えているのではないでしょうか。

ところが、そうした身体やこころからのシグナルを感じても、気づかないふりをする人も少なくありません。浮《う》き世《よ》の義理や自信過剰から、つい無視してしまうのです。しかし、それはやはりまずい。

自動車でいえば、エンジンがオーバーヒートしかかっていたり、ブレーキパッドが焼けてきているときは、やはり一度どこかに停めて休ませなければなりません。そうしないと事故を起こしかねないからです。がむしゃらに働く以外に、ちょっと脇道《わきみち》にそれて休息する。それも、じつは身を守る方法ではないかと考えはじめています。

たとえば、食事をするときに食べたくないものを食べない、というのも大事なことかもしれません。自然のなかの動物は本能に従って食べたいものだけを食べている。人間も動物としての自己防衛本能が働いて、体によくないものに対して食べたくないと感じるのではないでしょうか。

それと同様に、日々の暮らしについても「いまのこういう生活をつづけていたらヤバイな」という予感がすることがあります。

そういうときは、頭でする理性による判断に従うよりも、体の奥底から発する直感に素直に従ったほうがいい。あとさきのことをあまり考えずに、体の内なる声に従う。とくに、いまのような先が見えない時代には、常識よりも直感に従うべきだと思う。

幸いにして、まだそうした声が全然聞こえないあいだは休まなくてもいいでしょう。しかし、もしなにかの拍子にそういう声が聞こえたときには、その内なる声に素直に耳を傾けてほしい。人はそれをいろいろなかたちで紛《まぎ》らわしたり、ごまかしたり、抑《おさ》えこんだりしてしまう。しかし、それは決して誉《ほ》められたことではありません。

そろそろ休んだほうがいいよ、という体からのメッセージをふと感じたり、休息をとりたいと思ったとき、それを実行するのはなによりも大切です。それが、これからの時代に生き残るための現代人の知恵なのではないでしょうか。

45　人に奉仕することで自分が救われる

これまで病気というものは、科学や医学の進歩で治療できると考えられてきました。その結果、「死」は医療者にとって敗北だという意識から、医療現場では一分一秒でも永《なが》らえさせるため、患者さんの体を生命維持装置でがんじがらめにしてしまうようになった。

しかし、私はむしろ治療よりも、いま苦しんでいる人の苦痛をどのように軽くするか、ということのほうが大事だろうと思うのです。いかに患者さんが苦しまずに死を迎えられるか、ということです。

その場合に、医師と患者の立場というものも考え直す必要があると思います。苦痛に対して文句をいわない我慢《がまん》強い患者さんを誉《ほ》めるのは、はたして正しいのでしょうか。あるいは、治療する側とされる側に上下関係というのはあるのでしょうか。

たとえば、こんなふうに考えてみてはどうか。私たちがインドへ旅行して貧しい人たちになにがしかのお布施《ふせ》をしたとします。すると、彼らはそれに対してニコッと笑いもせず、お礼の言葉もいわず、傲然《ごうぜん》と去っていく。最初は呆気《あっけ》にとられてむっとします。

けれども、インドでは貧しい人にお金を差しだすのは、単なる布施ではなく「布施行《ふせぎょう》」というものなのです。修行だから、それは自分に返ってくる。家族を捨てて出家して厳しい戒律を守るといった修行は、一般の生活人にはできません。そうした修行の代わりにする「行」のひとつとして「布施行」というものがあるのです。

ある意味では、医療というのも、人びとの痛みや苦しみを減らしたり、悲しみを減らしたりする「行」ではないか。そのときに大事なことは、「行」とは人を救うものではなく、自分が救われるものだという考えかただと思います。

布施をした人は、それによって自分が救われる機会をえる。こころの平安と幸せを相手からいただくことになる。そのために「ありがとう」といって合掌《がっしょう》するのです。布施を受けた相手は、そのチャンスを与えたわけだから、感謝の言葉をいう必要はない。

そう考えてみると、医師という職業は一面では、医療という行為を通じて自分が人間として救われているのだといえないでしょうか。医師が一所懸命に仕事をして、患者さんの笑顔を見ることにうれしさを感じることができれば、それは患者さんのおかげなのです。

自分が救われているわけだから、むしろ患者さんに感謝して合掌しなければいけない。なのに、良心的な医師ほど、自分はいいことをしてあげているという気持ちが強い。本当は逆だろうという気がするのです。

46　病気を治すことは、なにかを失うこと

癌《がん》の専門病院で闘病中の患者さんでも、治る見込みのある人は五十パーセントに過ぎない、という話を聞いたことがあります。ということは、「治らない」半数の患者さんたちも抗癌剤《こうがんざい》などの治療を受けて、苦痛に苛《さいな》まれていることになります。

そうした反省から、末期の患者さんの体とこころの痛みをやわらげる目的で生まれたのが「緩和医療《かんわいりょう》」です。しかし、いまだにそれを「敗北の医療」と蔑《さげす》む医師もいるという。それとは逆に、緩和医療の理想に燃えるあまり、「患者の命を最後まで輝かせてあげよう」と考えて、患者の生きる姿勢を評価してしまうようなこともあるそうです。

その話を聞いてなんともいえない気持ちになりました。人間は、ただ生きているだけでいいのです。「クオリティ・オブ・ライフ」という考えかたはたしかに素晴らしい。しかし、この考えかたには、残された生活を完全に燃焼しつくす人を高く評価する、という傾向がある。それは間違っているような気がします。

医師の人たちからはとんでもないといわれるでしょうが、私は病気が治るということな

んかありえないと思っている。どうしてそう考えないのでしょうか。人間の細胞は毎日おとろえ、老化しながら確実に死へ向かっている。そうやって少しずつ死に近づいていくわけだから、病気に完治なんてものはありえない。人は死のキャリアなのです。

手術は成功したけれども、患者は亡くなった、という笑えないジョークもあります。これは科学が陥《おちい》りやすい落とし穴ではないでしょうか。

つまり、人間に病気は治せない。病気は治らないと考えたほうがいい。問題となっているなにかを取り去ると、それによってなにか別のマイナスとなるものが出てくるはずだという気もします。実際に、寄生虫を駆除《くじょ》すると、寄生虫が体にいなくなったことでマイナスが生じるという説がある。それも当然でしょう。人間は、太古《たいこ》から寄生虫とともに暮らしてきたわけですから。

アレルギーが増えたという専門家もいます。抗菌《こうきん》グッズが流行《はや》っていますが、無菌状態で温室栽培したような子供は、免疫《めんえき》システムができ上がらなくなるのではないか。外にでたら、いっぺんに日光や害虫や暑さ寒さでつぶれてしまうのではないか。

人間の病気を治すということは、同時に、その人のなにかを失わせるということです。そのように業《ごう》の深い部分が医療にはある。私が病気に対して「治った」という言葉を使うことに抵抗を感じるのは、そのためなのです。

47 出生前診断を無批判に受けいれていいのだろうか

最近では遺伝子診断の技術が進んできて、出産前に、胎内《たいない》の赤ちゃんに障害があるかどうかを確率で示す出生前診断も広まりつつあるそうです。もし障害があると診断されると、その赤ちゃんが人工的に中絶される可能性は高いわけです。

科学というものは一神教的《いっしんきょう》な「YES」か「NO」かを問うという宿命を背負っている。論証できないものは認めない、という考えかたをするわけです。企業が実績主義で、仕事のできる者だけを残して、できない者はどんどん首を切っていくようなものでしょう。

ふだんはあまり会社の役に立たず、ボーッとしていることが多い人もいるはずです。けれども、そういう人も一生に一度ぐらいは大きなこと、会社を救うようなことをやるかもしれません。昔の日本には、そういう人も「無用《むよう》の用《よう》」として認めるという考えかたがありました。今後、そういう人は生き残れなくなってしまうのでしょう。

いま、アメリカでは遺伝子診断を受けて、自分が将来どんな病気になるかを判断しようという動きがあるようです。そうなると、健康保険や生命保険の保険料が人によって違ってくる。これは、私には人をランクづけするという発想に思えてなりません。

トルストイの『アンナ・カレーニナ』の冒頭に、「復讐《ふくしゅう》は我《われ》にあり、我これを酬《むく》いん」という聖書の神の言葉があります。つまり、人間を査定《さてい》したりランクづけしたりするのは神の仕事なのであって、人間がそれをしてはいけない。そういう意味の言葉です。

出生前診断も欧米の思想ですが、そういうことを無批判に受けいれていいのでしょうか。日本には日本の「いのち」の考えかたがあるはずです。一時期、「世界標準」という意味でグローバルスタンダードという和製英語がさかんに使われていましたが、画一的なスタンダードに合わせるのは基本的に間違っていると思えてなりません。

仏教の思想のなかには独特のアニミズムが存在しています。すべてのものに「いのち」があるという発想、一木一草にも「いのち」があり「魂」があるのだという古いアジア的な考えかたのほうが、むしろはるかに進んでいるのではないか。

もし出生前診断、遺伝子診断が義務づけられるようになったら、いったいどうなるでしょうか。将来、この人は白血病になると診断された人を就職させないなど、企業の合理化という名のもとに、新しい差別の誕生につながっていくのは間違いありません。そういうことが、どうしていま大声で叫ばれないのか、と不思議でならないのですが。

48　化学肥料で食糧増産をするという、人間の業《ごう》

蓮如《れんによ》の言葉に、「商いをする者は商いをせよ。漁をする者はせよ。獣を狩る者は狩れ。奉公する者は奉公せよ」というのがありますが、「奉公」とは傭兵《ようへい》となって戦争で戦うことです。仏教では殺生《せっしょう》は悪とされている。しかし、生きていくためには、そうせざるをえないこともある。そうしてもいいのだ、念仏さえ忘れなければ、と蓮如は呼びかけたのです。

結局、人間は「業」の深いものだ、といわざるをえません。商業は商いの「業」ですし、漁業は漁をするという「業」です。職業というのは人間の「業」なのです。そのように考えていくと、田畑を耕す農業でさえ「業」だといえるでしょう。

戦中から戦後にかけて、篤農家《とくのうか》というのがありました。たとえば、一町歩《ちょうぶ》の田からどれだけの米を生産できるかということを競うのです。その結果、より多くの収穫を上げた者が篤農家として表彰《ひょうしょう》された。とくに稲作にとって条件の悪い東北地方の農家は、少しでも収穫量を上げようと必死でがんばっていました。

けれども、それは元の土地に人工的に多量の肥料や土壌改良剤を使って、超過密の生産

をさせることだともいえる。篤農ということは、ある意味で大地からの収奪《しゅうだつ》なのです。一定の収穫を取るのは許される。たとえば、大地に一粒の麦をまいて、十粒の恵みをえるのは許されるだろう。しかし、一粒から百粒も千粒も取って、その余剰を利益とすることを農業経営と考えるとしたらどうでしょうか。農業というのは、なんと大地に対して業の深い職業だと思わずにはいられません。

かつての焼畑《やきはた》農業の時代には、生産力こそ低かったけれども、人びとは二年か三年おきに作付けを変え、土地が痩《や》せると別の場所に移動して、何年か休ませたのちにふたたび作物を植えていた。つまり、大地と共生しながら生きていたわけです。それが口分田《くぶんでん》のころから、生産力としての土地利用ということがはじまります。焼畑農業は後《おく》れたものとされ、高度農業が奨励《しょうれい》されて化学肥料などをどんどん投入していくようになる。

その結果、水俣《みなまた》ではなにが起こったか。チッソ工場の廃水に含まれていた水銀化合物によって発生した水俣病で、多くの人命が奪われたのです。当時の役人はこんなふうに語っています。戦後、日本人が飢《う》えていたときに、化学肥料を使わなければ食糧増産はできなかった、わかっていたけれども工場の操業をとめるわけにはいかなかったのだ、と。

人工的に土地を変えて収穫を上げる。そのために化学肥料を造って工業廃水をたれ流す。生命という点から考えると、どちらもじつに業の深いことだといわざるをえないでしょう。

49　人間は非常に脆《もろ》いものだという直感

職業というものは人間の「業《ごう》」です。ものを書くということも、まさに「業」。他力の風が吹かないと書けない、と思うこともある。

ふり返ってみると、ずいぶん長い物書き稼業です。「家の光」という雑誌に農村のルポルタージュを書いていたころから数えると、もう四十年くらいになる。そのなかで何度も「書けない病」に取りつかれて悩んだことがありました。

ドストエフスキーは「悪魔が憑《つ》かなきゃ小説が書けない」といっています。また、フラメンコのダンサーは「私が踊っているんじゃない。ドゥエンデが私を踊らせているんだ」というようにいう。「ドゥエンデ」も「悪魔が憑いた」と同じような意味です。

人間は十の力があっても、ふだんはせいぜい八の力しかだせないものです。そういう人でも、十二の力をだして仕事ができることがある。それは、読者とか観客の人たちが持っているエネルギーを、全部自分のなかに受けとめたときです。自分ひとりでは、やはり十の力以上のものをだすことはできません。

とはいえ、私の場合は原稿の締切が過ぎても、「いやあ、風が吹いてこないんですよ」なんていって編集者に呆《あき》れられているのですが。

私が昔から考えていたのは、深夜、自分を空《から》っぽにして待つ、ということです。そこに百万の読者一人ひとりから、自分の持っている物語をかたちにしてほしいというテレパシーが届く。そして、おまえがなにか代わりに書け、という声を感じる。その声が書かせてくれるのではないか、と。

お寺の鐘も、鳴ろうと思ってもひとりでゴーンと鳴るわけではない。撞木《しゅもく》が必要ですし、撞《つ》く人も必要でしょう。「時代」という撞木と、「読者」という撞く人の両方がそろって、はじめて作品が生まれるのだと思う。

それでは作家の才能や個性はなにかというと、それは当然、いい鐘もあればひび割れた鐘もある。錆《さ》びてしまってろくな音もでない鐘もある。その違いでしょう。

私は植民地で敗戦を迎えて、パスポートを持たない難民として三十八度線を越えて帰ってきました。そういうところでは、自分の努力もがんばりもなんの役にも立たない。それが子供心にいやというほど感じられました。それ以来、なるようにしかならない、という感覚が植えつけられていまだに抜けないのです。これはあまり建設的な他力の信仰ではありません。でも、人間は非常に脆《もろ》いものだという直感が私にはあるのです。

50 「非自己」を拒絶せず受容する働き

二十一世紀の大きなテーマは、宗教の孤立性、あるいは拒絶性というものをいかに乗り越えていくか、ということだと思います。

東西ドイツを分断していたベルリンの壁は一九八九年に崩壊《ほうかい》しました。キリスト教の世界でも、対立してきたいわゆる新教と旧教、プロテスタントとカトリックがさまざまな形で歩み寄りをはじめました。あるいは、ローマ教皇が数百年ぶりに謝罪して話題になった「ガリレオ裁判」のように、宗教と科学との和解ということも起こっています。

そしていま、十字軍的な発想をどう克服していくか、ということがキリスト教には問われていると思います。その意味で、宗教が本来持っているトレランス、つまり寛容さというものに注目していかなければいけないでしょう。

一九九三年に多田富雄《ただとみお》さんの『免疫《めんえき》の意味論』という本がでて、ジャーナリズムで話題になりました。人間の免疫というシステムは、一九六〇年代以前までは「非自己」を拒絶するものとしてとらえられていた。しかし、それから免疫のネットワークなどが研究されるに従って、免疫の働きは「非自己」と「自己」を峻別《しゅんべつ》し、個体のアイデンティティを確立することが第一だ、とされるようになります。

その次には、拒絶と同時に、胎児《たいじ》という母親にとっての「非自己」を拒絶せず受容するトレランス（寛容）という免疫の働きが注目されてくる。むしろ、そちらのほうにウエイトが移ってくるわけです。

これまでは、免疫の「非自己の拒絶」に着目して、ドイツのネオナチが外国人移住者を排撃する理屈に免疫を持ちだしたりしていました。免疫が体内の異物を排除するのと同じで、ドイツから異民族を排除するのは自然の摂理《せつり》だ、というわけです。

しかし、逆に免疫のトレランスという面に重点を置くと、国際社会にも経済学にも、ありとあらゆるところへ大きな示唆《しさ》を与えるものになってくる。むしろこれからの免疫学では受容・寛容ということのほうが中心になってくることでしょう。

宗教も、異なるもの同士がお互いに宥和《ゆうわ》しあうというかたちにならなければ、二十一世紀はふたたび民族と宗教の対立の時代に陥《おちい》ってしまうに違いありません。

これからの時代に日本は世界に対してなにを寄与《きよ》できるのか。そう問われたとき、もちろん経済のシステムや科学の先端技術ということもあるでしょう。しかし、もっと大きな精神文化として、日本人の出番があるのではないか、と私は考えています。

51 日本人が持っている、見えない信仰

明治維新以降の日本は「和魂洋才《わこんようさい》」でやってきました。欧米から進んだシステムだけを学び取りながら、日本固有の精神は失わないようにしようとつとめたのです。その際、欧米のシステムの背後には「魂（スピリット）」があって、「才（システム）」だけを取りいれることはできないということは、明治の日本人たちは本当はわかっていたのだろうと思います。

そこで、本来は「洋魂《ようこん》洋才」でいくべきところを、われわれは日本人だから「和魂」でいこうと考えたのです。その当時の「和魂」とは、超国家主義と絶対的天皇制でした。

ところが、敗戦でその「和魂」が破綻《はたん》してしまう。戦後の日本は、デモクラシーも自由主義もすべてアメリカから輸入し、「和魂」では駄目だということになった。そのために考えだされたのが「無魂《むこん》洋才」という便利なやりかたです。魂はなくてもシステムだけあればいい。「無魂」でいこう、と。これは身軽で便利なものでした。

しかし、魂なきシステムはどうなったか。戦後半世紀足らずでそれは腐敗《ふはい》してしまったのです。そしていま、グローバリゼーションとかグローバル化という言葉が氾濫《はんらん》するなか

で、日本人はあらためて「洋魂洋才」でいけ、と突きつけられている。

しかし、日本人はどうしても「洋魂洋才」にはなれないのです。というのは「洋魂」、つまり欧米人の精神とは、キリスト教の一神教的《いっしんきょう》文化を抜きに考えることはできません。日本人は本当にキリスト教の信仰を持つことができるのか。フランシスコ・ザビエルによってキリスト教が日本に伝来してから、すでに四百五十年あまりが過ぎました。現在、日本のキリスト教徒は約百七十五万人で、人口の一・四パーセントといわれています。

一方、玄界灘《げんかいなだ》ひとつ隔《へだ》てたお隣の韓国のキリスト教徒は、朝鮮戦争以来のわずか五十年足らずで、一説には二千万人ともいわれるまでに増えています。そのことを考えると、日本の信者が五百年近くかかってやっと百七十五万人というのは、やはり大きな謎だといわざるをえません。

しかも、日本人の多くはクリスマスを祝いますし、若い人たちは結婚式を教会で挙げることが少なくない。むしろキリスト教には非常に好意的で憧《あこが》れさえ持っている。それなのに、魂だけはどうしても受けつけないのです。これは、アメリカ人にとってもヨーロッパ人にとっても非常に不可解でしょう。

そのキリスト教を阻《はば》んでいる〝バリア〟とはいったいなにか。それが、日本人が持っている見えない信仰、見えざる宗教的感覚だと私は思います。

52 「坂の上の雲」はつかめない

戦後、「和魂《わこん》」が崩壊《ほうかい》した日本人は、アメリカに追いつけ追い越せを合言葉に、「無魂《むこん》」のままで走りつづけてきました。豊かになりたいという欲望と、技術立国・経済大国になるという夢を抱いて、日本のビジネスマンは働きつづけてきました。

そこでは、国の目標と個人の目標がピッタリと重なっていた。だからこそ、すさまじいパワーとエネルギーを発揮して、未曾有《みぞう》の発展をとげることができたのでしょう。

その高度成長期に国民的に読まれたのが、司馬遼太郎《しばりようたろう》さんの『坂の上の雲』です。このタイトルから、高度成長の応援歌のように誤解した人が大勢いたと思いますが、それは司馬さんにとっては不本意だったのではないでしょうか。司馬さんはすぐれて近代的な合理主義者で、冷徹《れいてつ》な目を持つ人でした。むしろ、そういう熱狂をいちばん嫌ったはずです。

それにしても「坂の上の雲」というタイトルは象徴的です。「坂の上の果実」なら、坂を上がっていけば採《と》ることができる。「坂の上の城」なら、攻め落として占領できるでしょう。ところが「坂の上の雲」は違う。坂を上がってようやく峠《とうげ》の頂上に立ってみると、雲はまた山のかなたの空遠くに流れている。雲は永遠につかむことのできない目標のシンボルなのです。

　いわば「雲をつかむような話」であって、このタイトルには意図せざるアイロニーがこめられているように思えるのです。しかし、多くの日本人はそうは考えなかった。そのつかめない「坂の上の雲」をつかめると考えたのでした。

『坂の上の雲』は明治維新以後、日露戦争までを描いた歴史小説です。あの時代に、日本が欧米列強の餌食《えじき》にならずに近代的な独立国家をつくるとなると、とにかく坂の上の雲をめざして突っ走らなければならなかった。

　夏目漱石《なつめそうせき》は、日本人は欧米の猿真似をして上滑《うわすべ》りに滑っている、という表現をしています。それを十分理解した上で、涙をのんで猿真似せざるをえない、とも認めている。そこにも、明治人の「和魂洋才」に生きる苦渋《くじゅう》が表れているといえるでしょう。

　しかし、当時の人びとは「坂の上の雲」をめざすと同時に、「坂の下の雑草」から聞こえてくるうめき声やその深い闇《やみ》というものもつねに意識していたのです。

　だからこそ、明治という日本の黎明期《れいめいき》には、光と闇が交錯する彫《ほ》りの深さがあった。そのために、あの時代に生きた人びとの彫りの深い横顔というものが、現代でも浮かび上がってくるのだと思います。

53 日本人は自己嫌悪に陥《おちい》っている

あちこちでいま、生きることが困難な時代だ、ということが言われています。

戦後のころとは違って、いまは食べていくだけならなんとかなる。しかし、社会に対して自信を持って、積極的にかかわり合うことができるだろうか。そう考えると、内的なエネルギーの方向づけがなかなかむずかしい時代になっているのではないでしょうか。

戦後、司馬遼太郎さんは、自信喪失していた日本人に対して「こんなに颯爽《さっそう》とした素晴らしい日本人がたくさんいた。自信を取り戻せ」というかたちで見事なメッセージを発しました。それが、戦後の日本人の自信の回復につながった。

しかし、いまは自信を失っているというよりは、一種の「自己嫌悪」の状態に陥《おちい》っているのではないでしょうか。

自信喪失はまだいい。自己嫌悪はもっと悪い。自分自身でいることがいやだとか、父親であることがいやだとか、企業にいることがいやだというように、日本人であること自体に、自信も誇りも持てない状態なのですから。

日本は明治維新後の百三十年あまり、欧米の文化を学び、追いつけ追い越せでやってきました。「和魂洋才《わこんようさい》」などといって、表面的に「才」だけを取りいれるというかたちでやってきたわけです。しかし、「洋才」には必ず「洋魂」がある。たとえば、いくら日本人が英語を見事に使ったとしても、英語を母国語とする人たちの文化の背景にあるものや、言語の背景にある「言霊《ことだま》」というものにまで触れることは、なかなかできません。

しかも、私たちが英語を一所懸命使えば使うほど、英語国民の後ろを歩いていくようになる、という自己矛盾《むじゅん》を感じざるをえません。それは、髪の毛を脱色して金色に染めたことで、姿かたちは欧米人に似てきた、というのと同じなのではないか。

日本のプロ野球を見ても、やはり大リーグと比べると、向こうの試合のほうがおもしろいじゃないか、ということになります。また、サッカーは騎馬《きば》民族のゲームです。大勢の人びとによるコラボレーション、疾走《しっそう》しつつ物事を思考する点など、その背景には、長いあいだに培《つちか》われてきたサッカーの思想というものがある。

野球にしてもサッカーにしても本物はすべて欧米にある。自分たちはその模造品《もぞうひん》みたいなものをエンジョイしてきたのではないか、というむなしさを感じてしまうのです。日本人は戦後五十数年で欧米を追い越したつもりでいました。しかし、じつは追い越すどころか、まだかなり後ろのほうにいることに気づいた、ということなのかもしれません。

54 「よい加減」な生きかたがいい

いま、日本人は生きるよりどころとなるもの、いわば「和魂《わこん》」が見えずに、途方にくれているように見うけられます。

日本人の家には神棚《かみだな》があって仏壇《ぶつだん》がある。クリスマスを祝って、正月には神社に初詣《はつもうで》に行く。葬式はお寺でやり、結婚式は教会でやることもある。外国の人にこんなふうに話せば、なんという国民だ、と呆《あき》れた顔をされるでしょう。

近代においてはとくに、シンクレティズムは文明の後《おく》れた段階だとされ、軽蔑《けいべつ》されてきました。シンクレティズムというのは、神仏混淆《しんぶつこんこう》とか神仏習合《しゅうごう》という意味です。そのため、日本人自身もそのことを恥ずかしいことだ、と思いこんできたのです。

キリスト教文化圏の人びとの絶対唯一の「神」という意識に対して、日本人は確固たる「神」というものを持っていない。政治でもビジネスでも彼らと五分と五分とで渡りあうためには、日本人の確固たる魂を回復するしか道はないような気がします。

ただし、日本人に神という意識がないわけではない。日本人の大衆的な宗教感覚の根底にあるのは、「天罰《てんばつ》が当たる」とか「御天道様《おてんとうさま》が許さない」などという感覚です。さらに自然崇拝。それは、ふだんは宗教として明確には意識されていないかもしれませんが、人の世界以外のなにかが存在する、という感覚です。そうした日本人の深い宗教心、和魂というものは、じつは眠っているだけで、決して死に絶《た》えてはいません。

むしろ神も仏も混在するような日本の文化のかたちが、二十一世紀では望ましいのではないでしょうか。本来、宗教とは互いに重なりあっていたものなのに、それを純粋化してアパルトヘイトしていった。そのためにさまざまな問題が生じてしまったと考えられます。

「いい加減」という言葉があります。最近はもっぱら「あいつはいい加減なヤツだ」といった使われかたをして、ネガティブな意味にとられがちですが、本来は「よい加減」という意味だったのです。足したり引いたりして、ちょうどいいバランスのところを探す。そして、「加減のよい」ところに落ちつくということでしょう。

近代という意識はシンクレティズムを蔑視《べっし》しますが、そもそもあらゆる文化は混合し、共存していくものだと思います。あまり厳格に原理主義というものを押しつけて強制するのでは駄目だ、という気がしてなりません。

「中庸《ちゅうよう》」という考えかたにも似ていますが、そうした融通無碍《ゆうずうむげ》の考えかたや生きかたが、これからはより大切になってくるのではないでしょうか。

55　たくさんの神々が存在する、という考えかた

キリスト教的一神教文化《いっしんきょう》のなかでは、日本人のシンクレティズムとアニミズムというものは、非常に軽蔑《けいべつ》されていました。日本人自身もそう考えてきた。しかし、最近、私はこの二つはとても大事なカルチャーだと思うようになりました。

神道も仏教もキリスト教も共存している日本の現状は、ヨーロッパ的な一神教の観念からすると、たしかにめちゃくちゃかもしれません。

ただし、真宗は日本の仏教のなかでは例外的に、弥陀《みだ》一仏《いちぶつ》に帰依《きえ》する一神教です。とはいえ、これは「選択的な一神教」というべきでしょう。八百万《やおよろず》の神々を認めた上で、諸仏諸神のなかから自分たちは阿弥陀《あみだ》如来《にょらい》を選択して帰依する、という考えかただからです。蓮如《れんにょ》は真宗内部の異端《いたん》を排撃していますが、その一方では、真宗以外のさまざまな信仰というものも重んじなければいけない、と言いつづけてきました。

サミュエル・ハンチントンの『文明の衝突《しょうとつ》』は、二十一世紀に起こる宗教の対立を予言しています。その対立を乗り越えるのは「トレランス（寛容《かんよう》）」ではないでしょうか。私

は、シンクレティズムこそ、トレランスを持った大きなカルチャーだと思っています。八百万の神々を認める日本の宗教は、その「寛容」さを持っているのです。

神仏習合《しんぶつしゅうごう》というのは軽薄なものだという人もいるかもしれません。でも、その根底のところには大事なものがある。それは、他の人びとが大事にしているものを無視しないとか、異教徒と決めつけて拒絶しないということです。たくさんの神が存在する、という考えかたのほうが、やはり私は正しいような気がします。

そして、もうひとつはアニミズムです。これも、宗教の原初的な信仰であり、恥ずべきものだと日本人は考えてきました。「アニマ」はラテン語で「気息《きそく》」とか「霊魂《れいこん》」という意味の言葉。そして、アニミズムは自然界のすべてのものに霊的な力や生命力が秘められていると考える信仰です。

たとえば、巨樹《きょじゅ》に注連縄《しめなわ》を張って拝《おが》んだり、山を神聖なものとして信仰の対象にするのもそうです。アイヌ民族の文化や沖縄の人びとの文化を見ても、アニミズムには人間本来の非常に大事なものがある。山にも木にも岩にも海にも畏敬《いけい》の念を持つということは、人間が生きていく上で非常に大事なことではないでしょうか。

そうしたものを迷信だといって排撃《はいげき》するのは、キリスト教文化の思い上がりではないか、という気がしてしかたがありません。

56　自然界のあらゆるものに命がある

これまでのヨーロッパ系の宗教では、その宗教の光は人間以外のものには届かない、と考えるべきでしょう。

神に選ばれた人間は特別な存在であり、それ以外の地球上のあらゆる動物も、植物も、鉱物も、自然も、すべて人間の生活を豊かにするために奉仕すべきものである。人間のために利用され、管理されるべきものである。いわばこれがキリスト教的な考えかたです。しかし、この考えかたが現在もっとも大きな壁にぶつかっているのではないか。はたして、人間のために世界はあるのでしょうか。

私は、それは違うだろうと思います。近代のいちばんの問題がそこにある。近代の考えかたは、まさにこうした「人間中心主義」でした。

しかし、仏教では、自然界のあらゆるものに、草にも虫にもすべてのものに命がある、と考えます。いまや最先端の生命科学の世界でさえ、ゲノム（全遺伝子情報）の分析がすすむにつれて、人間もゴキブリもイモムシもみな同じような遺伝子構造を共有している、ということがわかってきました。しかも、人間とチンパンジーの遺伝子配列の違いは、わずか一・二三パーセントに過ぎないそうです。仏教では二千年も前に言われていることが、科学の力で最近になってようやく裏付けられてきたわけです。

環境問題の矛盾もそこにある。現在、キリスト教的文化の世界では、これ以上地球の自然を破壊すると、この地上で一番大事な人間の生活そのものが成り立たなくなる、と考えます。だから、これ以上森の木を伐《き》ってはいけない、海を汚してはいけない、と結論づけるのです。しかし、私はそれが根底から間違っていると思います。

環境を守るということは、同じ命を持ったもの同士の平等感から生まれるべきです。自然や木や草を大事にし、愛し敬《うやま》うという気持ちから生まれてこなければいけない。人間と同じように海にも命があり、山にも森にも命がある。他者の命を奪うのはいけないことだ。だから自然を汚染したり破壊してはいけない。そう考えるべきではないでしょうか。

自然を征服し、道具のように管理して利用するという考えかたから、いまこそもう一歩すすんで、自然と共生するという考えかたに私たちは移行する必要がある。それには、自然を畏敬《いけい》する気持ちがなければならない。

そう考えると、アニミズムには、人間中心主義の信仰の限界を破っていく可能性がひそんでいると思えるのです。

57　二十一世紀こそ日本文化の出番だ

二十世紀に起こった環境問題や民族・宗教・文化の対立などの問題を、人類は乗り越えていかなければいけません。私はそこに日本の出番があると思っているのです。

日本の宗教に見られるシンクレティズムは、欧米の思想からすると、非常に後《おく》れたものだとされました。そのため、日本人は明治以来、それをコンプレックスに感じてきた。一軒の家のなかに神棚《かみだな》も仏壇《ぶつだん》もあって、神も仏もごちゃまぜの民族というのは恥ずかしい、という意識があったのです。

しかし、いまの環境問題を考えれば、アニミズムに見られる自然への畏敬《いけい》の念というものが非常に大切になってきます。宗教の対立が危惧《きぐ》されるなかでは、シンクレティズムや八百万《やおよろず》の神々という考えかたに立つべきなのです。あるいは、唯一の神を信じるとしても、絶対的一神教《いっしんきょう》ではなくて選択的な一神教であり、異なる宗教同士が共存できるようでなければいけないと思うのです。

つまり、一神教ではあっても他の神々も認めた上で、自分たちはこのかたにすがります、というふうに考える。相対的な神や仏が世界中にいろいろいるなかで、自分たちはキリストを信じるとか、アラーの神を信じるというかたちでなければいけない。

最近、キリスト教世界では、プロテスタントとカトリックが劇的な融和《ゆうわ》を模索しはじめました。そして、イスラム世界でも、これまで異端とされてきたアレヴィー派の人たちをきちんと認めていこう、というような流れがでてきています。

アレヴィー派というのは偶像崇拝《ぐうぞうすうはい》をしたり、男女が一緒に礼拝したり、祈りの場所で男女が組んで音楽に合わせて踊ったりします。彼らは「愛あるイスラム」といっていますが、厳格なイスラムから見れば、認めることができない淫祠邪教《いんしじゃきょう》でした。しかし、もともとアレヴィー派はイスラムとアジアのシャーマニズムが習合《しゅうごう》したものだといわれ、多数の〝隠れアレヴィー〟を抱えていたのです。

最近、トルコでは、その隠れアレヴィーがどんどんカミングアウトするようになってきました。トルコのイスラムの三分の一はアレヴィー派ではないか、といわれるほどです。

いわゆる原理主義的なイスラムでは、女性は教育を受けてはいけないとか、職業に就いてはいけないとしています。ひょっとすると、異端とされていたアレヴィーは、そうしたことを乗り越えていく可能性を持っているのではないでしょうか。ですから、私は日本人の信仰にあるシンクレティズムやアニミズムも、世界に貢献できると思うのです。

58 「馴化《じゅんか》」する植物のように、他を認める

宗教にとって、9・11の同時多発テロは非常に大きな問題でした。実際、あの事件の前と後では、宗教というものに対する考えかたがかなり変わったのではないでしょうか。イスラム教徒がジハード（聖戦）を叫び、キリスト教徒のアメリカ合衆国大統領が軍事報復を十字軍にたとえる。日本の宗教人はこの問題を対岸の火事のように見ていて、それでいいのかという感じがしてなりません。

もし、親鸞《しんらん》がいま生きていたらなんと言われたか、蓮如《れんにょ》がいま生きていたらなんと発言しただろうか、と私は真剣に考えました。たぶん親鸞はテレビに出たりはしないでしょう。でも、蓮如だったらワイドショーに出てコメントくらいはしたかもしれません。

あのテロ事件では、異端と正統という問題もあらわになったと思います。やはり、異端を認めないという不寛容さが、テロの根源のひとつになっているのではないか。

異端が発生するのは、信心が浅いせいではありません。たとえば、ネイティブな日本の伝統のなかに、外来の新宗教である仏教というものが入ってきます。そのとき、その土地

に土着化するために、否応《いやおう》なく「馴化《じゅんか》」するということが起こる。

かつて目の敵《かたき》にされた外来種のセイタカアワダチソウが、最初のころの猛々《たけだけ》しい姿からやさしげな風情《ふぜい》に変わって、ススキと共生するようになった。そういう状態を植物の世界では「馴化」といいます。同じことが宗教の世界でも起こっているのでしょう。あるものが別の場所に入ってきて土着化するためには、他を拒絶するだけでは駄目だと私は思います。

フランシスコ・ザビエルが日本に来てキリスト教を布教したときも、最初は聖母マリアを観音菩薩《かんのんぼさつ》にたとえるなど、仏教的なキリスト教を説いた。そのため、仏教の宗派のひとつのような感覚で、人びとはあまり抵抗なく信者になったのでしょう。大名や多くの人びとがキリスト教に帰依《きえ》した時期がありました。

ただし、そのうちに宣教師たちは、仏教や神道など他の宗教を徹底的に拒絶する形で、キリスト教を純粋化しようとしたのではないか。その結果、次第にキリスト教の勢力は衰《おとろ》えていった。いま日本ではキリスト教徒が一・四パーセント程度に過ぎない理由もそこにあるのではないか、と私は想像しています。

ピュアな宗教の立場から見れば、馴化したり、土着的なものと混淆《こんこう》した宗教は異端とされ、よくないとされます。けれども、もはや二十一世紀はそういう考えかたでは乗り切れないのではないでしょうか。馴化も異端も認めざるをえないと思うのです。

59　地方語を失えば、自分の存在があいまいになる

九州を離れてずいぶんたちます。しかし、私の言葉の特徴は全然変わっていないらしい。若いころは、自分の九州弁を多少気にしているところもありました。しかし、ある時期から、自分の発音やイントネーションがとても大切なものに思われてきたのです。そして、気にするどころか、つとめてそれを失わないように心がけるようになりました。

個人的には、日本人は二つの言語を持つべきだと思うのです。いわゆるバイリンガルですが、ふつうバイリンガルといえば、日本語ともうひとつ別の外国の言葉を自由に使うことができる能力を指します。しかし、私のいうバイリンガルは少し違う。共通語と地方語という「二つの日本語」をきちんと使いわけるように、意識して努力しようというのです。

私は幼年期を旧植民地で過ごしました。九州に帰国したのは敗戦の後です。中学、高校と筑後《ちくご》地方で暮らし、そこで九州弁を学びました。学んだといっても、きちんと学習したわけではありません。いろんな村や町を転々としながら自然になじんだ筑後弁です。

最初は言葉がおかしいといって、同級生たちにからかわれたり、ときにはいじめられた

りした。そのなかで私が身につけた筑後弁はすこぶる粗雑《そざつ》なもので、もし「正しい筑後弁」というようないいかたをすれば、ごまかし弁に過ぎません。

一方、中学、高校と国語の授業を受けました。ところが、これを教える先生がたがほとんど九州弁で、発音もイントネーションも共通語とは全然違うのです。したがって、国語はほとんど身についていない。共通語も、きちんと学習しなければ、なかなか自在にあやつることはむずかしいのです。

結局、私は地方語も適当なごまかし弁で過ごし、正確な共通語もマスターできず、そのどちらともつかぬ言語無国籍者となってしまったのでした。

醇乎《じゅんこ》たる言語を持たないということは、自分があいまいなままに存在していることです。戦後流行《はや》ったいいかたをすれば、アイデンティティの喪失、ということになるでしょうか。私たちはものを考えるときにさえ言語で考え、それを言葉で表現する。あいまいな言葉しか持つことができないとすれば、それは正体不明の人間であり、自分自身の存在があいまいだということです。

グローバリゼーションは、その国独自のものを失わせる危険をはらんでいます。そのひとつが言語でしょう。ですから、地方語の喪失とは文化の最大の問題だとさえ私は思っているのです。

60　もう一度、筑後《ちくご》弁を勉強してみたい

私たちは言葉というものについて、なにか誤った考えを抱いているらしい。言葉は自然に身につくものだ、と疑いもなく思いこんでいるからです。

ひょっとすると、それは間違っているのではないでしょうか。

実際に、私たちはすでに「正しい地方語」というものをほとんど失いかけています。そして、「正しい共通語」もいいかげんなままだといえます。その理由としては、テレビの影響もあるでしょう。人びとが自由に移動する時代になったこともあるでしょう。生活様式の平均化ということもあるでしょう。

以前、なにかの会で提言したのは、私たちには「地方語教育」が必要なのではないか、ということでした。村や町の七十歳以上の男女のなかから、ボランティアとして「地方語指導士」を募《つの》る。そして、小学校、中学校で美しく正確な地方語を生徒たちに教えてもらうのです。

高齢者にとっては若い世代と触れあう機会にもなり、生徒たちにとっては古い時代を学

ぶ学習にもなる。文字通り一石二鳥《いっせきにちょう》になります。それと同時に、美しく正しい共通語をちゃんと学習する時間ももうける。外国語を学ぶように共通語を学ぶのです。そうすれば、私たちは二つの日本語をきちんと身につけることになるでしょう。

個人と社会の二つの言語を持つことは、個性の喪失ではないと思います。花田清輝《はなだきよてる》は、ひとつの中心に収斂《しゅうれん》する真円《しんえん》に対して、二つの中心を持つ楕円《だえん》の魅力について語りました。私はその言葉にとてもこころを惹《ひ》かれるのです。

ひとつの言語で十分ではないか、という意見もあるでしょう。私はその立場にも反対はしません。しかし、物事の本質とは、異なったものを対比させることによって、より明らかになるのではないでしょうか。共通語には明晰《めいせき》な論理性があり、地方語には感覚的な存在感があります。そのどちらも、私たちにとっては大事なものなのです。

たしかに、言葉は意識しないうちに覚えて、自然に使っていることが多い。しかし、それを磨《みが》いて、より深く、魅力的に創《つく》りあげていくものでもある。崩《くず》れた地方語しか持たず、まともな共通語もしゃべれない自分をつくづく困ったものだと思ってしまいます。私も時間があれば、もう一度、筑後弁を勉強してみたいのですが。

61　生きた人間としての親鸞《しんらん》を見ていきたい

二〇〇二年は清沢満之《きよざわまんし》の百回忌の年に当たり、さまざまなイベントが開催されました。清沢満之という人は、明治における浄土真宗の素晴らしい改革者であり、オルガナイザーでした。しかし、その一方で、彼が活躍した時代に、あまりにも生きた親鸞像が影を潜《ひそ》めてしまったという気がするのです。

当時、異様なかたちに歪《ゆが》んでしまっていた仏教界の改革のために、清沢満之は「親鸞と歎異抄《たんにしょう》」という旗を掲《かか》げました。それが、やや清浄化されすぎている、という印象が以前から私にはありました。

しかし、そういう一種の原理主義的な親鸞像に対してなにか言うと、必ず反論が戻ってくる。「親鸞聖人のことをとやかくいうとは、何事だ」というわけです。それも篤実《とくじつ》な人からのお手紙が多くて、「金子大栄《かねこだいえい》先生はこうおっしゃった」とか書かれている。

でも、私は、清沢満之が考えたことはそういうことではなかったと思います。

毛沢東《もうたくとう》に「あることを成《な》さんとするためには、行き過ぎぐらいに極端なことをやらなければ、ちょうどいいところでとまらない」という論があります。そのことからいえば、いわゆる親鸞原理主義によって自由な論議を妨げるような気風はやめたほうがいい。

私がいちばん非難されたのは、親鸞の「愛欲《あいよく》の広海《こうかい》に沈没《ちんもち》し、名利《みょうり》の太山《たいざん》に迷惑《めいわく》して」という言葉について発言したときでした。これについては、「親鸞のくらべようもない謙虚さ」というふうに受けとめて称揚《しょうよう》する言葉が多い。

私はそうではなく、親鸞という人は正直にありのままを言っているのだ、と解釈しています。実際に愛欲の広海に沈没したのだろうし、名利というものに関しても、それに踏み迷う心が非常に強くあって、そのことを恥じつつ正直に告白したのだろうと思うのです。ですから、親鸞がその告白をしたという正直さを称揚するあまり、親鸞の踏み迷った軌《き》跡《せき》や沈没した様を、全部どこかへ消してしまうというのは変だと思うのです。

やはり、生きた人間として親鸞を見ていきたい。「親鸞に学ぶ」とか「親鸞に帰依《きえ》する」というのは、決して銅像のように下から振り仰《あお》ぐだけではないはずです。あえて親鸞に反抗するということも、ひとつの胸の借りかたとしてはあるのではないでしょうか。

私が若き日の親鸞を小説に書こうと考えてから、すでに三十年以上はたっています。蓮《れん》如《にょ》を書いたのは、そのイントロのつもりでもあった。しかし、イントロだけで終わる歌というのもおもしろいかもしれない、と思うようにもなっています。

62 「僧にあらず、俗にすらあらず」

親鸞《しんらん》は自らの出自《しゅつじ》について多くを語っていません。しかし、本願寺教団を権威づけるという目的のために、彼を下級貴族の出身だったとする系図がつくられています。

系図をつくるというのは、その人の出自を貴人の子の困難な旅と説く「貴種流離譚《きしゅりゅうりたん》」のような話にもっていきがちな傾向がある。そして、系図みたいなものがあると、人びとはそれを信じてしまいます。人びとのこころのなかにはいつも、親鸞をそのように見たい、「貴種流離譚」のように彼の物語をつくっていきたい、という気持ちがあるのでしょう。

私は、親鸞がどういうところの出身であろうが、あるいは出自さえ定かでないということのほうが、かえって魅力があるという気がします。

いろいろな見かたがあります。小説家の空想としていうと、たとえば、親鸞は「僧にあらず、俗にあらず」といわれている。これはどういう意味かと考えたときに、私は「僧にあらず、俗にすらあらず」と読みたいのです。

ふつう「非僧非俗《ひそうひぞく》」というのは、俗世間の人でもないし僧でもない、と解釈されてきました。しかし、「俗にすらあらず」と読んだとき、これは世間一般の民衆でさえもないことを意味するのではないでしょうか。つまり、身分制度の枠《わく》からはみ出した〝アウトカースト〟であり、一般の市民にさえも自分は入らないぞ、というくらいの激烈《げきれつ》な宣言だったのではないかと思うのです。

親鸞が自ら名乗った「禿《とく》」という字も、かつて江戸時代に髷《まげ》を結《ゆ》うことを許されなかった人たち、賤視《せんし》された「非人《ひにん》」たちの頭のことが連想されます。「禿」を「はげ」と読むと、頭を剃《そ》り上げた僧の姿を想像します。けれども、親鸞が使った「禿」の字は非人と同じざんばら髪の状態の頭を表しているわけです。

親鸞はそうした人びと、蔑視《べっし》され差別された人びとに熱い共感を抱いていました。自分もまた、彼らと同じ底辺に生きる人間だと考えたのです。自分が死んだときには、鴨川《かもがわ》に投げいれて魚に食べさせよ、といいきっていることなどにもそれが表れています。

ですから、あの時代に親鸞は「僧にあらず、俗にすらあらず」という激しい立場にいたのだ、と私には思えてならない。また、そうとらえたほうが、親鸞という人がもっと魅力的にキラキラ輝いて見えるような気がします。

つねづね思うのは、透徹《とうてつ》した信仰の論理などの前に、親鸞という人の暖かい体温を思い出すことが大事ではないかということなのです。

63　いま悲しんで泣け、という親鸞《しんらん》の肉声が聞こえる

明治以来、一般には『歎異抄《たんにしょう》』、学問的には『教行信証《きょうぎょうしんしょう》』というかたちで、親鸞のエッセンスは理解されてきました。

『歎異抄』は、唯円《ゆいえん》という人が彼自身の個性を通じて見事に描ききった親鸞の言行録です。けれども、やはり「歎異」という目的で、「親鸞の語録の異議を批判する」ために書かれていて、それが強調される部分が多い。一方、『教行信証』のほうは、ある意味では論争の書でもあり、宣言でもあり、読書ノートでもあると思います。

しかし、私はそれ以外にもうひとつの道があると考えている。

当時の一般の民衆たちは、「和讃《わさん》」という詩によって親鸞の信仰を自分の血肉にしてきたのではないか。『歎異抄』も『教行信証』も読めない門徒たちは、どんな字を書くかもよくわからぬまま声にだして和讃を称《とな》えていたに違いありません。その意味でも、親鸞が「歌」をたくさん書いたということは大事だと思います。むしろ和讃のなかにこそ、親鸞のいちばん大事なエッセンスのようなものが込められているのではないでしょうか。

親鸞という人は、蓮如《れんによ》と違って「情の人」というイメージはあまりありません。人間臭いエピソードが数多く残っている蓮如にくらべて、親鸞は肖像画を見ても非常に厳しい表情で描かれている。でも、とくに晩年につくられた親鸞の和讃には、情というものがとてもよく表れています。

和讃は机の上で目で読むものではありません。声にだして読む、肉声を発するということが非常に大事なのです。当時の一般の門徒たちも、そうやって暗誦《あんしょう》していたことでしょう。そして、親鸞も歌というものが持つ力を感じ取っていたはずです。

その和讃のなかに「釈迦《しやか》如来《にょらい》かくれましまして　二千余年になりたまふ　正像《しょうぞう》の二時《にじ》はおはりにき」というのがあります。そして、その後につづく言葉が「如来の遺弟悲泣《ゆいていひきゅう》せよ」となっているのです（『親鸞和讃集』岩波文庫、名畑應順《なばたおうじゅん》校注）。

私はこの歌を思い出すたびに、まさしくいまの時代を連想してしまう。「いま悲泣せよ。悲しんで泣け」という親鸞の肉声が聞こえてくるような気がするのです。

親鸞にはどこか、キリスト教でいうと「許す神よりも裁《さば》く神」というイメージがあります。そのため、「悲泣する親鸞」というのはピンと来ないのではないでしょうか。それだけに、この和讃のなかで「悲泣せよ」という言葉を親鸞が発していることに、私はとても大きなものを感じずにはいられません。

64　美しい音楽に惹《ひ》かれて、信仰する

ロシアが国教としてキリスト教を採用したのは十世紀末でした。その理由は、「ギリシャ正教の祭祀《さいし》の荘厳な美に打たれて帰依《きえ》した」からだという話が伝えられています。ふつうなら「神はこうして救ってくれるから」とか「それは素晴らしい宗教だから」という論理が先行するはずです。そうではなく、あのコーラスとか、祭壇の美しさとか、香《こう》炉《ろ》の煙をふりまきながら行われるいろんな儀式に、彼らは感動してしまったらしい。それで、もう理屈抜きで「これだ！」と選んだ。そういうエピソードが伝わっている。

美的感動から宗教に帰依したというのは、いかにも芸術感覚にすぐれているといわれるスラブ民族らしい。私はこの話が大好きです。

ロシア革命後の社会主義政権下では、宗教そのものが否定されていました。しかし、ソ連崩壊後、まるで火山の噴火のようにロシア正教の復活ということが起こったのです。

ちょうどロシアが民主化を進めていて、庶民がたいへん厳しい生活に直面していた時期に、私はロシアを訪問したことがあります。そのとき、ウクライナの小さな村へいったの

ですが、村人たちの非常に貧しい生活と強烈なコントラストを見せて、丘の上に立派な教会が立っていました。そのまばゆいばかりに美しいロシア正教会の建物に、私は矛盾《むじゅん》を感じずにはいられませんでした。ひとりの老婦人にそのことをたずねてみると、彼女は「あれは私たちの家《ドーム》です」と答えました。そして、あそこへ行けばミサで素晴らしい合唱も聴ける、見事な美術品も鑑賞できるという。教会は彼女にとって家であり、コンサートホールであり、美術館でもあったのです。

そういえば昔、ハンブルクの古い教会にも行ったことがありました。その教会には、ヨーロッパ最古のパイプオルガンが組みこまれているのです。また建物がじつによくできていて、音響効果も素晴らしいものでした。

そのパイプオルガンでバッハやハイドンの音楽を演奏すると、教会全体がギターの胴のように共鳴して、百雷《ひゃくらい》の落ちてくるような音が頭上からドドッーと迫《せま》ってきます。よくロックのコンサートなどを聴きにいくと、ＰＡ（劇場の拡声装置）のスピーカーの音が体に響いてくる。あの感覚と同じで、完全に音による忘我《ぼうが》の境地へと引きこまれてしまいました。

そういうことを「知的でない」と笑ってはいけないのではないでしょうか。私は、信仰というのは感覚から入る、ということもあると思うのです。そして、音楽というものは、本来宗教性を持っていて、人びとを惹《ひ》きつける力を持っているのです。

65　神を楽しませ、ともに楽しむ

音楽や芸能ということを考えたとき、それは「神」を抜きにしては語れません。

たとえば、最近、日本の若い人たちのあいだでゴスペルソング（一九二〇年代からアメリカのおもに黒人の教会でうたわれはじめた福音歌）が流行《はや》っています。それは、リズムがすごく気持ちがいいとか、みんなで歌えて楽しいという理由のようです。

しかし、本来のゴスペルソングとはどういうものでしょうか。黒人の教会で牧師さんがお説教を長くつづけても、信者たちは飽きてしまう。そこで、しゃべっているうちにそこにリズムが付き、ラップが付き、ビートが生じた。後ろからかけ声が入り、オルガンが鳴り、合唱隊がオブリガート（バックコーラスの一種）を付ける、というふうになっていった。

さらに、聴いている人たちも足踏みをして、ハレルヤとか、アーメンとかいった合いの手をいれる。それが一体となって一種の陶酔状態をもたらす。それがゴスペルソングだといえるでしょう。

そうすると、ゴスペルソングというのは、基本的には神へ帰依《きえ》するものの讃歌だといっていい。そこを無視して、リズムだけを取っておもしろいとか楽しいとかいってしまうと、かなり意味が違ってきます。

むしろ、私がゴスペルソングから連想するのは坂東《ばんどう》流の念仏です。これは、声にだして称《とな》えるだけでなく肉体も動かす念仏で、躍動的で非常におもしろいものです。

また、一遍《いっぺん》の「踊り念仏」というものもある。一遍は全国を遊行《ゆぎょう》し、踊り念仏を編みだしました。踊り念仏というと、私たちはなんとなく優雅な手ぶり身ぶりで踊るものを想像しますが、信州あたりの道場では床を踏み破ったということが書かれています。男女がいり乱れて踊るうちに、下半身を露《あらわ》にして、見えようがかまわずに踊ったともいう。かなり激しく跳んだりはねたりしたに違いない。

この踊り念仏などはまさにゴスペルであり、ラップだろうと思います。踊りながら恍惚《こうこつ》の世界に入っていく。おそらく、人びとはそこに極楽浄土を見たように思ったのでしょう。

このように、どの時代にもまず神を讃《たた》える歌があり、踊りがあり、神に喜んでいただいているという自分の法悦《ほうえつ》感があるわけです。それが芸能の原点になっている。つまり、歌も踊りも出発点は「神楽《かぐら》」、「神を楽しませ、ともに楽しむ」ということでした。蓮如《れんにょ》なども、ある意味でそういう「宗教フェスタ」というものを非常に大事にした人です。そのあたりについて、考えるべきことはたくさんあると思います。

66 かつて寺と町が一体となった運命共同体があった

大阪は商業都市だと思っている人に向かって、「大阪は宗教都市だ」というと、なにをいっているんだ、と呆《あき》れたような顔をされるでしょう。

けれども、もともと大阪という町は、本願寺を中心とした「寺内町《じないまち》」として発展してきました。大名などの城を中心にした「城下町」のことは知っていても、寺内町についてはほとんどの人が知りません。

寺内町はいわば中世のヨーロッパの城郭都市《じょうかくとし》のような町で、日本の歴史のなかでは特異な存在です。そこでは、非常に先進的なカルチャーが渦巻いていました。

中世の大阪は、蓮如《れんにょ》が建てた石山御坊《いしやまごぼう》という寺を中心に栄えた寺内町でした。当時は「大坂」と書いていましたが、そもそも歴史上にはじめて「大坂」という地名が登場するのは、蓮如が書いた「御文《おふみ》」あるいは「御文章《ごぶんしょう》」と呼ばれる文章のなかです。

蓮如の死後、京都の本願寺が焼かれると、石山御坊が真宗の本山になりました。そこには、全国から真宗の門徒たちが詣《もう》でるようになる。そして大きな町ができる。

まさに、かつての大阪は「宗教都市」として発展したのです。

寺内町は城下町とは対照的です。城下町は、中心に領主や家臣たちが住む城があって、城の周りが石垣や堀で防衛されています。しかし、石垣や堀の外側に住む領民たちは無防備でした。もし戦争になれば、民家や田畑は焼き払われたり、水攻めにあったりした。城下町では守るべきものは城であり、まっ先に被害にあうのが領民だったのです。

それに対して、寺内町は文字通り「寺の内の町」でした。人びとは寺の境内《けいだい》に集まって住み、その町全体が土塁《どるい》や堀で囲まれて守られていたのです。つまり、寺内町は市民による自治連帯都市であり、寺と町が一体となった運命共同体だったといえるでしょう。

しかも、寺内町のなかでは、商人たちが租税《そぜい》を免除されて商いを行うことができました。そのため、たくさんのバザールが立ち活気にあふれていたという。織田信長《おだのぶなが》の有名な楽市楽座《らくいちらくざ》は、この寺内町のシステムに目をつけて活用したものだと思います。

かつて日本の各地でこのような寺内町が繁栄していました。寺内町は、中世のルネッサンスを感じさせるほど、進取の空気に満ちあふれた町だったのです。

日本の歴史を寺内町という視点から見直してみると、意外なイメージがわき起こってくる。城下町から寺内町への視点の転換こそ、新しい日本人のこころを発見する大きな〝テコ〟となるのではないでしょうか。

67 近江《おうみ》商人は商売と信心を両立させていた

アメリカやヨーロッパのビジネスマンには、資本主義のなかで、自分がいまやっていることは神のミッションだ、という強い信念がある。それが彼らの自信になっています。しかも、いくら強引なビジネスで多額の利益を上げても、一方では多額の寄付をしている。つまり、社会的収奪《しゅうだつ》と社会的還元との中和を図《はか》っているのでしょう。それに対して、日本の社会には、銭儲《ぜにもう》けはうしろめたいことだ、という意識があるように感じられます。

しかし、かつて蓮如《れんにょ》が信仰の共和国としてつくった「寺内町《じないまち》」には、職業の尊さや勤勉さを重視する気風がありました。これは、ある面でマックス・ウェーバーが提唱したキリスト教のプロテスタントの人びとの倫理《りんり》観や生活信条と非常に似ています。蓮如は、生活と信仰の一体化ということを大事にした人でした。

商業都市として発展をとげた大阪は、もとは蓮如がつくった寺内町でした。当時、米をつくる農民以外の人びと、つまり商人や職人や漁師などは蔑視《べっし》され、浄土へ往生できないと思われていました。しかし、蓮如は「商人は商いもせよ」と言った。そして、念仏を忘れなければ誰でも往生できる、と説いたのです。

大阪人のモラルということを考えたときに、「武士道」に対する「商人道」という言葉があるとしたら、それには蓮如の言葉の力強さが影響しているのではないでしょうか。

その商業の町・大阪で近世後半に活躍したのが近江商人たちでした。近江商人の通った後には草も生えない、といわれるほど彼らは激しい商売をしたことで知られています。一方、近江地方といえば、北陸と並んで〝真宗王国〟といわれるほど真宗の門徒が多い地域でした。いろいろな面で蓮如の影響は大きかったはずです。

たとえば、大阪で活躍した近江商人に伊藤忠兵衛《いとうちゅうべえ》という人がいる。彼が興《おこ》した事業はいまも伊藤忠《いとうちゅう》と丸紅《まるべに》に受け継がれていますが、それより注目したいのは、忠兵衛が敬虔《けいけん》な真宗門徒だったということです。彼は、たとえ財産を失っても他力安心《たりきあんじん》の信心を失ってはいけないと言って、店員たちと一緒に朝な夕なに念仏をしていたという。

この忠兵衛のような近江商人たちが、近代の大阪を商業都市として繁栄させ、日本の総合商社の礎《いしずえ》を築いたわけです。彼らには商売と信心を両立させているという自信があったのでしょう。そのため、相当に苛烈《かれつ》なビジネスを遂行《すいこう》しても、銭儲けのためにやっているといううしろめたい思いはなかったのではないか。かつては、日本にもこうしたビジネスを支える精神的基盤があったといえると思います。

68　合理的で、リアリストで、社交上手な京都

大阪が「宗教都市」なら、京都は「前衛都市」です。

千二百年という古い歴史を持つ京都は、伝統的な町だといわれています。京都といえば、観光ガイドブックに紹介されている神社仏閣、あるいは舞妓《まいこ》さん、祇園祭《ぎおんまつり》など、絵はがきのような風物を思い浮かべる人が多いでしょう。

けれども、過去二回、計六年間京都に住んだ経験から、私はずっと「京都は前衛都市だ。日本のなかの異国だ」と思っていました。京都人は海外から渡来した文物や人に寛容で、早くから外来文化に慣れ親しんでいた。それが京都の先進性や新しもの好き、ということにつながっているのかもしれません。

京都はつねに新しさを求めてきた町だともいえます。京都が発祥の地になっているものは、出雲《いずも》の阿国《おくに》のかぶき踊りからはじまった歌舞伎、映画、路面電車、水力発電所、小学校、図書館……などたくさんあります。

かつて東寺《とうじ》の五重塔が建ったときは、高層ビルが出現したような驚きを人びとに与えた

に違いありません。南禅寺《なんぜんじ》の境内にある赤レンガ造りの疏水《そすい》も、明治中期につくられた当時はたいへんな大事業だったはずです。

現在の京都駅ビルも、景観論争にまで発展しましたが、完成後の評判はまずまずのようです。私も、外観を見たときはあまり強い印象は受けなかったものの、はじめて内部に入ったときは驚きました。大階段を上へ上へとどんどんあがっていくと、圧倒的なボリュームがある。このすごさは、日本のなかでは他のどこの駅にもないものだと思います。なんといっても、あの巨大な吹き抜けの空間をつくったのは、快挙《かいきょ》といってもいいのではないでしょうか。

京都の産業というと、絹織物や染色、漆器《しっき》などの伝統工芸品がすぐに思い浮かびます。しかし、明治維新後、京都は停滞していた西陣織《にしじんおり》の将来を憂《うれ》えて、フランスのリヨンに織《しょっ》工《こう》たちを送りこみました。彼らは最新鋭のジャガード織機を携《たずさ》えて帰国し、それをきっかけに西陣は再生したのです。また、清水焼《きよみずやき》など陶磁器業の技術革新には、ドイツから技術者を招いて近代化を図《はか》っています。

京都はしたたかな市民意識を持った人びとの町です。合理的で、リアリストで、社交上手で、よそから来た人の才能をうまく引きだして磨き上げる。たとえば、パリという都市がそうであるように、京都もそういう大人のカルチャーが見事に身についた町なのです。

69　命がけで念仏の信仰を守り抜いた人びと

「日本人には宗教心がない」といわれますが、本当でしょうか。

たとえば、「隠れキリシタン」の殉教者《じゅんきょうしゃ》のことはよく知られていると思います。教科書にも書かれていますし、遠藤周作《えんどうしゅうさく》さんの『沈黙』という小説のテーマにもなっています。

しかし、「隠れ念仏」や「隠し念仏」という篤《あつ》い信仰に生きた人びとのことは、知らない人が大多数でしょう。日本人であることを誇りに感じるような素晴らしい歴史的事実がある。でも、なぜか一般にはそれがほとんど知られていません。

江戸時代、幕府はキリスト教を禁制していました。しかし、九州南部の薩摩《さつま》藩と人吉《ひとよし》藩では、キリスト教だけでなく、仏教の宗派のひとつである浄土真宗も禁制していました。しかも、その禁制は明治維新後の一八七六（明治九）年までつづきました。

それにもかかわらず、念仏という真宗の信仰を守り通した名もなき人びとがたくさんいた。鹿児島を中心とする南九州の広い地域で、何代にもわたって、ひそかにその信仰は受け継がれていったのです。

では、仏教の宗派のなかで、いったいなぜ真宗だけが禁じられたのでしょうか。その大きな理由というのは一向一揆《いっこういっき》だったと思われます。

一向宗とも呼ばれていた真宗は中世には一大勢力になり、各地で門徒たちが一揆を起こすようになる。ついに加賀《かが》では守護大名を攻めほろぼします。そして、金沢御堂《かなざわみどう》と呼ばれた寺を中心に「百姓ノ持《もち》タル国」と呼ばれた自治共和国が成立する。その国はじつに百年近くも繁栄する。のちに前田《まえだ》家が加賀百万石の栄華をきずく前の話です。

一向一揆の勢力は非常に大きいものでした。あの織田信長《おだのぶなが》でさえ、真宗の本山だった大阪の石山本願寺を簡単には攻め落とせなかった。約十年かかって、最後は朝廷の仲介というかたちで、ようやく実質的な勝利をおさめたわけです。

当時、一向一揆は大名たちを戦慄《せんりつ》させたに違いありません。そのため、薩摩藩や人吉藩では真宗を徹底的に弾圧《だんあつ》した。真宗を禁制して厳しく取り締まれば、人びとの信仰心を根《ね》絶《だ》やしにすることができると思ったのでしょう。

ところが、実際にはそうではありませんでした。

約三百年ものあいだ、熱心な念仏の信者たちは地下に潜《もぐ》って、表ではそんなものは信仰していないという顔をしながら、山奥の洞穴《どうけつ》などに集まって法座《ほうざ》を開いていたのです。

もし信者だとわかると、捕らえられて苛酷《かこく》な拷問《ごうもん》を受けました。磔刑《たっけい》や打ち首による殉教者も多数でました。それでも、彼らの信仰心の強さは、権力に屈するようなものではなかったのです。まさに、人びとは命がけで念仏の信仰を守り抜いたのでした。

いまでも鹿児島県や宮崎県などには、信者がひそかに法座を開いたと伝えられる洞穴が各地に残っている。「隠れ念仏」という言葉は、その洞穴が「隠れ念仏洞《ねんぶつどう》」と呼ばれたことに由来する、と教えられました。

最近聞いた話では、佐賀県にも「内信心《ないしんじん》」という念仏信仰があったそうです。このように「隠れ」というかたちで信仰を守っていた人びとがいたのは、大変なことだと感じさせられます。

一方、九州の「隠れ念仏」に対して、東北には「隠し念仏」と呼ばれる人びとがいます。「隠れ念仏」の人たちは、藩権力からは隠れましたが、本山である京都の本願寺には忠誠をつくしていました。危険をおかして京都まで使者を送り、寄付をしたりもしていた。

それに対して、東北の「隠し念仏」は藩からも隠れ、本山からも隠れた人たちによって守りつづけられた念仏の信仰です。

彼らは人目を避けて深夜に集会を開いたため、怪《あや》しげな集団だと疑われたり、好奇の目で見られることもあった。また、キリスト教とよく似た儀式を行うことから、隠れキリシタンではないかと誤解されたこともあったようです。

その結果、藩から不当な取り締まりを受けただけでなく、真宗の本山からも「秘事法門《ひじぼうもん》」とか「異安心《いあんじん》」、つまり異端として扱われた。「隠し念仏」の人たちは、明治になって信教の自由が認められたのちも、しばしば取り締まりを受けています。それは、俗信や有害な宗教とされる淫祠邪教《いんしじゃきょう》あつかいのひどいものです。

だから、「隠し念仏」の人たちは、いまでも表向きは曹洞宗《そうとうしゅう》などの信者だと擬装《ぎそう》していることが多い。いわれなき差別ゆえに、いまだに信仰を隠しつづけているわけです。「隠し念仏」の信者たちは真宗の一派ですが、寺というものをつくらず、専門の僧侶も置きません。いわば、真宗の「無教会派」だといえるでしょう。本山の組織の外にある信仰、ある種の原理主義的な念仏宗教といってもいいと思います。

三百年の弾圧の嵐に耐え抜いた「隠れ念仏」の人びと。そして、地域に土着して連帯性を支えるものとして信仰を守ってきた「隠し念仏」の人びと。その真摯《しんし》で篤《あつ》い信仰は、たしかにいまも人びとのこころのなかで生きつづけているのです。

70　口伝《くでん》は、あらゆる感情を丸ごと伝えていく

鹿児島の霧島山麓《きりしまさんろく》には、「隠れ念仏」の一派が独自の発達をとげた「カヤカベ」教と呼ばれる信仰集団があります。

「カヤカベ」教徒たちは、表向きは神道というかたちをとっていて、毎年、霧島神宮に集団参拝をきちんと行っています。つまり、「カヤカベ」教には神仏習合《しんぶつしゅうごう》という傾向があり、東北の「隠し念仏」と同じように、地域の信仰や修験道《しゅげんどう》などとも習合してきました。鶏肉《けいにく》を食べない、という真宗には見られない食物のタブーなどもあります。真宗の一派というよりは「独立派」、異端のなかの異端、ともいえるでしょう。

「カヤカベ」教徒たちは、外部に対して徹底して自分たちの信仰を隠しつづけてきました。そのため、経典《きょうてん》などを文書のかたちではいっさい残さなかった。すべてを記憶された肉声、口伝というものによって伝えてきたのです。

私たちはふつう、文字で書かれて残った資料というものを信じています。その反面、口伝による伝承は、文化的にランクが低いように考えがちです。しかし、そうでしょうか。

かねてから私は、文字を残すことを拒否する文明、書かれることのない歴史、といったものに、強い興味を抱きつづけてきました。口伝というものは、恐怖や怒りなどのあらゆる感情を丸ごと抱えこんで伝わっていく。そこが素晴らしいと思うのです。

あらゆる歴史上の事件や体験は、それが文字による資料として記録された瞬間から、なまなましい実感やルサンチマン、つまり怨念《おんねん》とか敵意といった人間の「情」というものを失ってしまう。

キリストは自分では一冊も本を書いていません。ソクラテスも釈迦《しゃか》も一冊も書いていない。いま文字で書かれて残っているものは、すべて彼らが口で語ったことを、耳で聞いて受けとめて目で眺めて別の人が書いた、ということでしょう。

そう考えると、活字に残されたものよりも、長年語りつがれてきた物語や伝承こそが大事だ、と思うのです。そういうものは、人間の行動様式やその地域の文化を左右する力を持っています。

世界には文字を持たない文明というものはたくさんあります。そして、文字によって歴史を残さないということは、文字という高度な文明や技術を知らなかったからではない、と私は想像します。もしかすると、それは、文字に記録されることで失われるものを失うまいとする、人びとのひとつの決意だったのではないでしょうか。

71　農民の最後の抵抗は逃散《ちょうさん》という方法

江戸時代、南九州の薩摩《さつま》藩や人吉《ひとよし》藩で真宗が禁制されていたとき、捨て身でそれに抵抗した人びとがいました。当時、真摯《しんし》な門徒の多くはふつうの農民たちでした。為政者《いせいしゃ》が禁じる信仰をこころに抱く農民たちが、その信仰を守り通すことがむずかしくなったとき、取りうる道はどういうものだったでしょうか。ひとつは「一揆《いっき》」、もうひとつは「転向」です。

しかし、一揆によって真っ向から権力と対決しても、ほとんど勝ち目はないでしょう。北陸の門徒たちとは違って、九州の門徒たちは一揆という道は選びませんでした。かといって「転向」もしない。そのため、多くの殉教者《じゅんきょうしゃ》を出すことになったのです。

ただし、この二つ以外に道はなかったのでしょうか。私は第三の道があると思います。それは「逃散《ちょうさん》」という選択です。いわば農民たちにとって最後の手段ですが、単に逃亡《とうぼう》するのではなく、為政者への抵抗手段として集団で大がかりな移動を行うのです。実際に、この時期の九州では逃散ということがしばしば起こっていました。

正龍寺住職で、筑紫女学園大学教授の米村竜治《よねむらりゅうじ》さんは『無縁と土着――隠れ念仏考』という本のなかでこの逃散を取りあげて、実例を紹介しています。それによれば、数十人どころか数百人、なんと二千数百人の農民が村ごと消えた、という逃散もあったそうです。しかし、農民にとって田畑を捨てるのは大変な選択です。その背景には、逃散した門徒を他藩に受けいれるための念仏講《ねんぶつこう》のネットワークが存在していたらしい。監視の役人の目を盗んでそれだけの大規模な逃散を成功させるというのは、相当なものだっただろうと思います。よほど組織的な強いバックアップがなければ不可能だったに違いありません。

考えてみれば、ユダヤ民族もそのように逃れ逃れて流転《るてん》してきた人びとだといえるでしょう。「ディアスポラの民」という言葉もあります。また、帝政ロシアの時代には、農奴《のうど》という立場を棄《す》てて逃亡した農民たちが多数いました。さらに、「分離派」と呼ばれる放浪教徒の大集団が、ロシア全土を漂流《ひょうりゅう》したこともあります。

世界の歴史のなかでは、そういう大きな民族の逃散や放浪というのは、しばしば見られることだといっていい。

日本にもかつて大規模なスケールの逃散があったということは、いままで農民史、民衆史のなかでもあまり知られてはいないようです。しかし、これはじつに興味深いことだと私には思えます。

72 無籍《むせき》で、定住せず、定職に縛《しば》られない生きかた

十数年前、私は「サンカ」と呼ばれる幻の漂泊《ひょうはく》民に興味を持っていろいろ調べていました。そのとき書いたのが『風の王国』という小説です。その最初のとびらには「一畝不耕《いちぼうふこう》　一所不住《いっしょふじゅう》　一生無籍《いっしょうむせき》　一心無私《いっしんむし》」という言葉を記してあります。

サンカというと、一方では、民俗学者の柳田国男《やなぎたくにお》が関心を抱いて論文を書いていますし、一方では、小説家の三角寛《みすみかん》が書いた数々の「山窩小説《さんかしょうせつ》」で知られています。ただし、この「山窩」という表記は警察内部で使われていた蔑称《べっしょう》で、それを三角寛が使ったことで、サンカが犯罪者集団でもあるかのようなイメージが世間に広まってしまいました。

昨年、『幻の漂泊民・サンカ』という本を出版された沖浦和光《おきうらかずてる》さんによれば、サンカの表記はもともと「山家」だったそうです。沖浦さんは、これまでサンカについて謎とされていた部分を、綿密な調査と資料によって明らかにされました。柳田国男と三角寛のあいだのすきまを見事に埋められたのです。

三角寛が小説のなかで描いたサンカは、実像とはかなりかけ離れたものだった。ところ

が、彼のサンカ小説は昭和初期にブームを呼び、最近になってまた作品集が復刻されて、かつてのブームを知らない若い人たちにも読まれているようです。

それは、日本人のこころのなかに、いまもなおサンカ像に対する不思議な共感というか、心情的な支持があるからでしょう。いいかえれば、「一所不住　一生無籍」という生きかたへの支持だと思います。これは、人間の根源的な自由への願望にほかなりません。

移動したり放浪する人たちは国民の三大義務を放棄しています。まず戸籍に入らない。そのため徴兵にも応じない。第二に義務教育を受けない。第三に税金を払わない。

一九五二（昭和二十七）年に住民登録制度ができました。それはちょうど私が学生のときで、仲間と一緒に反対運動などをやったものでした。以後、日本人は住民登録をして住民票を持つことになったのです。そして、今年は住基ネット（住民基本台帳ネットワーク）問題が論議を呼びましたが、すでにシステムは稼働しています。結局、そこまでして国民を管理していこうとするのが、近代国家のありかただといえるでしょう。

最近フリーターと呼ばれる若者がますます増えているという。もしかすると、彼らも現代のサンカみたいなものかもしれません。そこには、無籍であること、定住しないこと、定職に縛られないことに対する願望がある。そうした願望と、三角寛のサンカ小説がいまだに読まれていることとは、おそらく無関係ではないと思うのです。

73 「賤民《せんみん》は選民である」

山の漂泊民サンカの人びとは、川魚漁や竹細工、あるいは門付芸《かどづけ》などをして暮らしていました。定住せず、ある広がりを持った山と川のあいだを回遊して暮らしていたのです。

一方、海の漂泊民と呼ばれる人びともいます。瀬戸内海や九州には「家船《えぶね》」と呼ばれる生活様式があって、いまもわずかながらその風俗が残っています。家船漁民の人たちは陸上に土地や家を持たず、家族で船に住み、漁をしたり行商をして暮らしていました。

このように移動、漂泊、放浪の暮らしをする人びとは、定住民、つまり農村に住んで米をつくる人たちからは賤視《せんし》され、蔑視《べつし》されてきました。

彼らとは別に、「エタ」や「非人」など賤民という身分の枠のなかに押しこめられて、人間としての地位からはみ出させられた人びともいました。その複雑で重層的な差別の構造は、かつてそういう差別があったというだけではなく、いまも生活のなかで生きています。

しかし、賤視したり差別することにはもうひとつ別の面がある。ひょっとすると定住民が非定住民を差別する背景には、情念としての畏敬《いけい》の念や憧憬《しょうけい》さえあったのではないか。

非定住民は自由に動きまわる。そこでは「聖」と「俗」が、「聖」と「穢」が、「聖」と「賤」とが重なりあう。そういう領域が存在することも、そこから生まれてきたものも忘れられつつある。それを私たちは文化として見直す必要があるのではないでしょうか。

日本の伝統芸能や工芸や技術、日本文化の精髄《せいずい》といわれているようなものでさえも、多くはかつて賤民だった人びとにルーツがある。彼らによって種がまかれ、つくりだされ、育てられ、担《にな》われてきた、という歴史的事実があるのです。

要するに、日本の文化は賤視された人たちの手でつくりだされたものだとさえいっていい。それを洗練させたのが市民であり権力者だった、という見かたもできるでしょう。

というのは、中世において特別な技能を持った人は、ほとんど賤視されていたからです。鍛冶屋《かじや》も、鉄砲作りも、さまざまな職人たちもみなそうです。さらに、歌舞伎であろうと能であろうと芸能者は賤民でした。殺生《せっしょう》を職業とする猟師も漁民もそうですし、医者でさえ、病と死を扱うため、死のケガレ観から賤業とされた時代がありました。

「賤民は選民である」という言葉は、まさにそのことを示しているのではないでしょうか。ユダヤ人は長い迫害の歴史を持っている民です。しかし、彼らは同時に、自分たちは選ばれた民だという自信と誇りを持っている。私たちはこれまで、差別ということについても、一面的にしかとらえてこなかったのではないでしょうか。

74 江戸の文化を支えたのは被差別の民だった

ジャーナリストの人たちでも、「五木さんは九州のかたですから、差別を実感としておわかりになるでしょう。でも、東京には差別がないものですから、われわれは頭では理解していても実感としては把握《はあく》しづらいんですよ」と言ったりすることが多い。

本当にそうでしょうか。むしろ東京は差別の王城《おうじょう》ではないか、と私は思っています。たしかに、関西や九州と比べて、東京は戦災で焼けたり、人口が大きく移動したりするため、そうした問題が表面からは見えにくくなっているのかもしれません。

けれども、現在の日本の伝統文化や芸能というもののエッセンスは、被差別民《ひさべつみん》、賤民《せんみん》とされた人たちが担ってきたものでした。江戸の文化ということを考えるときに、そのことは絶対に避けては通れない事実なのです。

江戸には、一般市民とは区別された被差別民の居住区がもうけられていました。彼らはさまざまな制約を受けている代わりに、武士階級が必要とする皮革製造業を独占していた。その居住地のすぐ隣にあったのが遊郭《ゆうかく》の吉原《よしわら》です。その近くには処刑場もあれば、火《か》葬場《そうば》もあり、その外側はいくつもの寺で囲まれていました。

また、その付近一帯は江戸時代からずっと民衆の娯楽の総本山でもあった。大道芸《だいどうげい》、見せ物小屋、曲芸、講釈などさまざまな娯楽が庶民を楽しませていたのです。明治から大正にかけては、その界隈《かいわい》の「十二階下」と呼ばれる地域に、露天商《ろてんしよう》や香具師《やし》、アナキストや社会主義者、テロリストたちが集まってきていた。

遊興の地も、無産者運動も、皮革産業も、民衆娯楽の別天地も、そういうものが全部ひとかたまりに存在していたのです。それは、いまも東京の下町の魅力に結びついている。

かつては能役者や歌舞伎役者も一般市民からは差別されていました。猿に芸をさせる猿《さる》飼《かい》という人たちも賤民とされていました。乞胸《ごうむね》と呼ばれる大道芸の集団も賤民だった。そして、非人たちは物乞《ものご》いをしながら、少しでもお金をえるために歌をうたったり、踊りを見せたり、さまざまな芸をするようになっていった。

それ以外にも雑種賤民と呼ばれる人びとが存在していました。彼らは、漫才の源流である万歳《まんざい》、説経《せつきよう》、浄瑠璃《じようるり》、物真似などの芸を人びとに見せることで生きていました。

差別の問題から目をそらすのではなく、こうした人びとが江戸の文化を支えてきたということについても、私たちはきちんと知るべきではないかと思います。

75　日本人の〝地の記憶〟を取り戻したい

四年前から、北陸の内灘《うちなだ》町で「内灘砂丘フェスティバル」というイベントをやっています。詩人や歌人、俳人、作家などを内灘に招いて、実際に歩いてもらう。そして、その場で書いた詩を、ステージの上で音楽を背景に朗読していただくのです。

かつての射爆場《しゃばくじょう》の跡が、いまはふつうの砂丘になっています。でも、一ヵ所だけ着弾観測のトーチカが残っている。昨年は松永伍一《まつながごいち》さんが参加されたのですが、そのとき彼がつくった詩のなかにそれが表現されていました。

おそらく、いまの若い人たちは「内灘」という地名を聞いても、なんの感慨もわかないでしょう。私がはじめて内灘に足を踏みいれたのは一九五三（昭和二十八）年です。当時、内灘は金沢市から北西に十キロメートルほど離れた日本海に面した寒村でした。

その年、内灘に在日米軍の砲弾試射場がつくられました。そして、政府は一時使用という条件を撤回《てっかい》して、試射場の継続使用と、土地の永久接収という方針を決定する。それに対して内灘の人びとの怒りが爆発しました。反対運動が起こったのです。これ以降、各地で基地反対運動が起こりますが、内灘闘争はそのはしりだったといえます。

清水幾太郎《しみずいくたろう》さんや開高健《かいこうたけし》さんをはじめ、当時のたくさんの学者や作家たちが内灘へ、内灘へと向かいました。上野から上信越回りで金沢に行くのですが、その列車のなかは内灘に駆けつける労働組合員と学生たちで、まるで人民列車のような状態でした。

国際学連の歌とかシベリア大地の歌とか合唱がつづいて、いま考えるとロマンティックなものだったともいえます。それでも、演劇団体、音楽団体、宗教団体、ありとあらゆる人たちが内灘の浜に集まってきて、ウッドストックのような感じがしたものです。

ある意味では、闘争に行っているのではなく、フェスティバルに行くつもりで来ていたのかもしれません。しかし、私はフェスティバルでいいという考えかたです。一九六八年のパリの五月革命もまったくフェスティバルでしたから。

そして、あの内灘闘争が私には加賀《かが》の一向一揆《いっこういっき》と重なって見えてくるのです。加賀の一向一揆には、全国から真宗門徒が応援に駆けつけて戦いました。あの人びとの熱い思いが、およそ四百八十年のときをへだてて、同じ北陸の地にふっと目を覚ましたのではないか。ひょっとすると、内灘闘争というのはそういうものだったのかもしれません。

いま、全国各地でそういう〝地の記憶〟といったものがどんどん失われているのに気づく。それを取り戻したいという思いに駆《か》られて、私は歩きつづけているのです。

76　甲子園球児はいまも変わっていない

日本人は明治維新後、着物から洋服に変わり、髪型もちょんまげから断髪に変わりました。外側だけを見れば、かなり変わったといえます。

ところが、いまだに変わらないものがある。

毎年、夏の甲子園の高校野球大会の入場行進をテレビで見るたびに、私はそう思わずにはいられません。これほど体位が向上したにもかかわらず、相変わらず手を大きく振り、ひざを直角に上へあげる軍隊式の歩きかたをしているからです。あの歩きかたを見ると、日本人はなんら変わっていないんだな、と感じてしまいます。

甲子園球児だけではありません。鈴鹿のサーキットなどには、レースクイーンと呼ばれる人たちがいます。高いヒールの靴をはいて、ハイレグのコスチュームを着てポーズをとっている姿を見ると、たしかに脚が長くて欧米人並みのスタイルをしている。

ところが、彼女たちが歩く様子はまさに日本人です。みんなひざをがくがく曲げて、前のめりになりながら歩いている。欧米人のようにひざを伸ばしてすっすっと歩けない。

あの歩く姿の弾力性のなさは、決して騎馬《きば》民族のものではありません。農耕民族のものなのです。最近の研究では、日本人は縄文時代からすでに稲作農業をやっていたそうです。あの甲子園球児の行進やレースクイーンの歩きかたは、水田耕作を何千年にもわたってやってきた民族の脚の動きにほかならない、と私には思えるのです。

田植えをした経験のある人ならすぐにわかるでしょう。泥田のなかでは、脚をまっすぐに上にあげ、移動させてまた上からおろさなければ歩けない。ずぶずぶと脚を踏みこんで、それをまたずぶずぶと抜いて、また上からおろす、というくり返しです。

また、しゃがむ姿勢もそうです。以前、福永光司《ふくながみつじ》さんに教えていただいたのですが、中国の『漢書《かんじょ》』に「倭人《わじん》」についての記述があります。そこには、背が低くて前屈《まえかが》みの姿勢で、なにかというとしゃがみこんで仲間と話をする人たち、と書かれているそうです。

そういう特徴を表していた「倭人」という言葉が、次第に日本列島に住む人を意味するようになった。よく渋谷の繁華街などで、若い女の子や男の子たちがしゃがみこんで雑談する姿を見かけます。それを見ると、私はつい「あれは倭《わ》だな」と思ってしまうのです。欧米人の目にはあのしゃがむ姿勢はとても奇異に映るらしい。

このように、いくら衣服や髪型が変わっても、芯《しん》のところには、過去から受け継いできた日本人の変わらぬものがあるに違いない、と私は思うのです。

77　運命の船に乗りあわせた人間同士が共有する気持ち

かつては、学生時代に必ず読むような本が何冊もありました。それを読んでいないことは恥ずかしいことでしたし、こっそり読んでいたものです。そういう本について友人同士で語りあうことは、成長期の青年にとっての大事なプロセスだったのでしょう。

しかし、いまは学生たちが共通して読んでいる本というのが、なかなか思い浮かびません。人はそれぞれ好きに生きればいい、という意識が強くなったのでしょうか。人間としての共通の目的が失われ、多様化して、個人個人の手にすべてが委《ゆだ》ねられているようにも思われます。

しかし、それぞれの人間が自分で生きていくための目的を構築する、というのはそれほど簡単なことではありません。それが大変なことだからこそ、なにか「共通の目的」というものを考えることが必要なのではないでしょうか。

先年亡くなられたインド哲学の世界的権威であり、仏教思想の大家でもあった中村元《なかむらはじめ》さんの著書を読んでいたとき、こういう言葉が目にとまりました。

「運命の共同感」——。つまり、同じ運命を耐えていくような仲間、たとえば、一隻《せき》の船に乗りあわせて、激しい嵐をくぐり抜けていくような人間同士は、ある種の運命を共有した気持ちを持つのだ、と中村さんは語っておられました。そして、その「運命の共同感」が大事だ、とも。

それは、いわば大きな運命の船に乗りあわせた者同士の意識であり、連帯感です。たとえば、戦争に行ってきた人たちが、戦友たちをなつかしむ気持ちも同じでしょう。「運命の共同感」を強く意識するようになると、他人が自分の家族のように、まるで自己の一部のように拡大して感じられるのです。

サッカーや野球の試合を観戦しているときには、一時的な幻想の連帯感が生まれる。観客たちは、グラウンドで戦っている選手たちに、自分の運命を仮託《かたく》している。サッカーのワールドカップ大会の期間中、日本代表チームの試合を応援して勝利に熱狂したサポーターたちも、おそらくそうした選手たちとの連帯感を感じていたはずです。

しかし、これはあくまでもバーチャルな運命の連帯感です。大会が終わってしまうと幻想は破れ、夢が覚めてしまった人も少なくなかったのではないでしょうか。

そうしたバーチャルな連帯ではない「運命の共同感」を、私たちは生きていくなかで、自分で見つけなければならないのです。

78　記録は消えても記憶は残る

ここ十年来、私は「記録は消えても記憶は残る」と言いつづけてきました。自分のなかに、大事なのは記録ではなくて記憶だという思いがあるのです。ですから、いま日本の各地でさまざまな民衆の記憶が薄れつつあるのは問題だ、と思っています。

戦国時代の英雄豪傑《ごうけつ》や、明治維新のころの高名なヒーローたちのことは、文書に記録されています。しかし、この列島に住んでいた大部分の無名の人びと、草のごとき大衆たちのことは、歴史という記録の上では語られることがありません。

その名もなく生きてきた人びとのあいだに、つい先ごろまではしっかりと熱く流れていたものがありました。それが「日本人のこころ」であり本当の「和魂《わこん》」だろう、と私は考えているのです。日本の各地には、まだそうした記憶が眠っています。目に見えないところに記憶は残っている。私たちはそれを知らないだけなのです。だからこそ、その記憶を掘り起こす作業が大事だという気がします。

そのため、「大阪は宗教都市である」という、ちょっと乱暴だといわれそうな想像も述

べました。同じように「京都は前衛都市である」ということも書いた。加賀の一向一揆《いっこういっき》の

「百姓ノ持《もち》タル国」のことを持ちだして、「金沢は革命都市である」と過激なことを書いたりもしました。

いまでも三重、愛知、北陸、和歌山などを歩くと、織田信長《おだのぶなが》を憎み、軽蔑《けいべつ》している人が多いことに驚かされます。かつて信長は、一向一揆に対してものすごいジェノサイドをやりました。ここで何万人殺された、というようなことがいまも語り継がれている。自分たちの祖先の話ですから、そのルサンチマンは大変なものです。しかし、そうした「信長憎し」ということは土地の人びとの記憶には残っていても、歴史上の記録には書かれない。

評論家の松本健一《まつもとけんいち》さんに聞いた話ですが、千葉県に成田山新勝寺《なりたさんしんしょうじ》というお寺があって、千葉の小学校では遠足でその寺に行ったりするそうです。ところが、そうすると必ずクラスに何人か、自分は行かないという子がいる。なぜかというと、平将門《たいらのまさかど》の乱《らん》を平定しにきた軍が「新しく勝った寺」ということで建てたのが、新勝寺だからです。そういう平将門伝説がまだ生きたかたちで残っているという。これもまさに記憶ということでしょう。

隠れ念仏、隠し念仏、カヤカベ、サンカと呼ばれる人びと。彼らの精神文化に触れたことによって、私はこれまで見えなかった日本人のこころを知ることができました。やはり日本人の忘れられた記憶を呼び戻さなければいけない、と思います。

79 「日本人でよかった」という気持ち

昨年、私は約一年間をかけて、『日本人のこころ』というシリーズのため、全国を歩きまわりました。それでわかったことは、私たちは錯覚の上に生きている、あるいは誤解の上に自分たちの歴史を考えている、ということでした。その誤解に基づいて日本人像をつくり上げているといってもいい。こんなことでいいのか、という驚きの連続でした。

私たちは日本の歴史というものを知っているつもりでいます。しかし、じつはそれが不十分な知識であり、根底的に間違ったものだった。それを知るということは衝撃でもあった。その心許《こころもと》なさが、私たちの毎日の生活を不安定にしているのではないでしょうか。

そのために自信を持てずにいるし、嫌悪感がある。しかし、一方でそういう不確かさを不安に思わないことも問題かもしれません。

ひとつの物事を考えても、その背後には社会のシステムがあり、社会のシステムの背後には、それを支える宗教的な意識が必ず存在している。そのことに気づくと、表面的なものだけを見ていては駄目だ、という気持ちになってきます。

ハスの花が咲いている下の泥のなかには、地下茎のレンコンが伸びてつながっています。いままでの歴史は、地上で見事に咲くハスの花や、葉の部分だけしか見てこなかったのではないか。哲学の本ではよく「リゾーム（地下茎）」という言葉が使われますが、その目に見えない部分の広がりをしっかり見ることが大事だと思うのです。

司馬遼太郎さんは「歴史は俯瞰《ふかん》するのがおもしろい」と言っていました。鳥の目で上空から見おろすと、広い範囲のなかで動きまわっているいろいろな人間の姿がわかる。これはその通りです。

ただ、それだけでなく、虫の目で見た虫瞰図《ちゅうかんず》というか、地面を這《は》いながら見る視点も必要なのではないでしょうか。自分の背丈よりもはるかに高い雑草を下から見上げてみると、それだけでもなにか違うものが見えてくるような気がするのです。

実際に、そういう視点を意識して日本の各地を回ってみると、貧しく名もないような人たちが、気高く誇り高く生きる姿を見ることができました。武士階級ではない普通の農民たちのなかに、崇高《すうこう》といってもいいような情熱や精神性の高さがありました。

そういうことにたくさん出会うのは感動的です。そのおかげで私自身、「日本人でよかった」という気持ちになれたのです。

80　いちばん大事な母の命をあの地に捧《ささ》げた

引き揚げという体験によって、一人の人間の死というものに対して、私はわりあい無感覚になってしまったところがあります。当時、一つひとつの死にかまっていたら、自分の神経がズタズタになってしまうほどでしたから。

たとえば、引き揚げ船で博多港まで来て、すぐそこに博多の街の灯が見える。それなのに、コレラが船内に発生しているからといって係留《けいりゅう》されてしまう。そのとき、「目の前に故国を見ながらコレラで死ぬのはいやだ」といって、船から海に飛びこんで溺《おぼ》れ死んだ人もいました。それ以外にもあまりにも無念な、あるいは無残な死ばかり見てきました。

私の一家は敗戦を平壌《ピョンヤン》で迎えました。そのとき、母親は病気で寝込んでいたのですが、ソ連軍の平壌占領に伴う暴行や略奪《りゃくだつ》などが絡《から》まりあうなかで、敗戦の一ヵ月後に亡くなりました。最期はなにをいっても首をふるだけで、自分で生きることを拒否するかたちで食べ物もいっさい拒否し、ほとんど水も飲みませんでした。

亡くなった母の体を、借りてきたタライのなかで洗って浄《きよ》めたときに、こんなに枯れ木のように細かったかと愕然《がくぜん》としました。

難民のように収容されていた倉庫で亡くなったので、火葬もできないし、きちんと埋めてくることもできなかった。母をちゃんと葬《ほうむ》ることができなかったという悔いは、いまだに私にはあります。遺髪《いはつ》だけはナイフで切って持ち帰ってきましたが。

母はあの敗戦と混乱の犠牲者として死んでいったのです。

あえていいますが、旧植民地だった朝鮮の地で、植民支配者である私たち日本人はいろいろな形で罪や責任を担《にな》ってきました。ただ、そういうものに対して、私は身内でいちばん大事な人をそこで亡くし、置いてきた。その母の犠牲によって、その罪を少しだけ贖《あがな》ったという感覚が私にはある。あのとき、もし家族全員が家財道具も財産もなにも失わず、無事に日本へ引き揚げてきたとしたらどうだったでしょうか。いまだに、なんともいえない思いを引きずりながら生きていたに違いありません。

私がある程度、旧植民地に対して割り切った感覚を持てるのは、時間が経過したということだけではないのです。財産など持てるものすべてを放棄した上に、いちばん大事な家族の命をあの地に捧《ささ》げた、という贖罪《しょくざい》の意識があるからだと思います。そのことによって、植民支配者としての罪の百万分の一くらいは償《つぐな》えたのではないか、という気持ちがどこかにあるのです。

81　自分の生きかたをうしろめたく思う人に

敗戦の外地での混乱期を生きのびた私には、他人を押しのけて生き残った、という意識がずっとありました。自分の存在というものに、どうしようもないうしろめたさを覚えずにはいられないのです。「許されない存在だ」と。

でも、そういう人間でも相手にしようという、いや、そういう人間をこそ相手にしようというのが親鸞《しんらん》、蓮如《れんによ》の思想だと思います。

私の場合は蓮如という人に導かれて、その先達である親鸞の思想の入り口へと導かれました。親鸞によれば、彼の考えている仏というのはつまるところ「光」だという。方便《ほうべん》上、仏の形をしているけれど、本当の仏というのは形もなく、目にも見えない「光」なのだと。

そういわれるとなんとなく納得できます。

「あの仏像を拝《おが》め」といわれても、ついていけないものがある。けれども、自分の心の闇《やみ》に射してくる「光」があるのだといわれると、それは大きな救いです。親鸞や蓮如などが説いた他力思想というのは、非常に日本的な思想だ、と私は思うのです。

乱暴ないいかたを許してもらえば、インドの釈尊《しゃくそん》にはじまる仏教は、きわめて理知的で現実的な側面が強い。世界存在とはなにか、人間とはなにか、人は苦しみをどう乗り越えるか、人にはなにが大事なのか、などと徹底的に分析し、問いつめていく。その合理性はすごいといえるでしょう。そこでは愛や憎しみまでが論理的に追究されます。それを越える実践法も明快です。

つまり、仏教というのは人間を無明《むみょう》の闇から解放し、世界を大きく肯定《こうてい》するという思想です。そして、時代や民族を超えて人類の文化といっていい、万人に共通する壮大な普遍性を持っている。

それに対して親鸞の言葉は、いわば精神的な危機に直面している人、吾一人《われいちにん》にとってこそ意味のある言葉なのです。現在、自分の生きかたをうしろめたく感じていない人や、不安や怖《おそ》れをまったく抱いていない人にとっては、本当は関係ない話だといえるでしょう。

しかし、そういう親鸞の言葉が、いままさに世界の普遍の思想になるべきときではないか、と私は思う。なぜなら、二十世紀に人間がやってきたことを素直にふり返ってみればいい。だれだって「罪業深重《ざいごうじんじゅう》」のわれら、とおびえずにはいられないはずです。

錐《きり》のように尖鋭《せんえい》な親鸞の言葉がいまこそ普遍性をおびるというのは、そういう意味なのです。

82　自然に死んでいくことも、生と同じ重さを持つ

自分の引き揚げ以後のことをふり返ると、ずいぶん乱暴で無茶苦茶《むちゃくちゃ》で、人を傷つけたり裏切るようなことばかりをしてきました。最近、自分の死に際《ぎわ》ということをよく考えますが、そういう人間が、幸せに死のうなんてとんでもないぞ、という声がしょっちゅう聞こえてくる。

近代というものは、いわば「覚醒《かくせい》」の時代です。近代は、小市民的な日常生活のなかにまどろんでいる人びとにショックを与えて、その人たちのこころや感性にこびりついた苔《こけ》などをきれいにそぎ落とそうとした。そして、新しい風のなかに立たせようとした。そういう時代だったのです。

その考えかたは、たしかに二十世紀の前半においては魅力的で素晴らしかったでしょう。しかし、眠っているあいだ、私たちの体はなにもしていないわけではありません。睡眠は、骨髄《こつずい》から免疫《めんえき》細胞などが製造される大事な時間である、ということがわかっています。同じように、生と死についても、生が素晴らしくて死は忌《い》むべきもの、というこれま

での考えかたは、もう通用しないのではないか。

いいかえれば、自然に死んでいくことも、生と同じ重さを持っているのだ、とつくづく思うのです。死というものに教えられることは大きい。

私はあるときから、自我というものを捨てようと考えました。近代的な自己意識や個性なんてものは犬に食われてしまえ、という考えかたに切り替えたのです。だから、いまある自分は一種の幻影みたいなもので、あってなきがごときもののような気がする。

ただ、最近ふとこんなことを考えました。たとえば、地味な仕事に埋没して一生を終えようとする男がいる。その人が癌《がん》になった。でも、黒澤明《くろさわあきら》監督の映画『生きる』の主人公のように、「なにか世の中に自分が生きた証《あかし》を残そう」とは彼は思わない。

その代わり、彼は自分はどのように死を受けいれて、周りの人間にやさしく、そして痛みに対してはストイックに耐えて死んでいけるか、ということを考えるのです。家族や周りの人たちに「日本人はこんなふうに死んでいけるんだよ」ということを見てもらえたら、それが自分の一生の大事だとも思う。そして黙って死んでいく。

それもまたひとつの幸せな死のかたちではないか、と私は思います。そして、そんなふうに「うらやましい死にかた」を見せてくれる人たちがたくさんいる限り、この国は大丈夫なんだと思えてくるのです。

83 死は自分ただひとりの死なのだ

最近、死を論ずる風潮が、にわかに高まってきたような気配があります。それは結構なことだと私は思います。しかし、死一般と私一個人の死とは違う。私たちはギリギリの瀬戸際《せとぎわ》まで、自分の死を実感をもって受けとめることができません。医師に余命六ヵ月と告げられて、あわてて書店で『歎異抄《たんにしょう》』などを買ってきたところで、いまさら手遅れだという気がしないでもありません。では、どうすればいいのでしょうか。

以前、柳宗悦《やなぎむねよし》の『心偈《こころうた》』という本のなかで、こんな一節を目にしたことがありました。

今　見ヨ
イツ　見ルモ

柳宗悦自身はこれを「美しいものと出会う心構え」として解説しています。しかし、それだけではどうもつまらない。作者自身も気づいていない微妙なものを、この短い言葉は暗示しているのではないかと私は思うのです。人が死んだらどうなるのか。どこへいくのか。ただのゴミになる、という人もいます。無に帰《き》すのだ、という説もあります。地獄のイメージにおびえる者もいれば、必ず浄土に往生《おうじょう》するのだ、と自分をはげます人もいる。いずれにせよ、そこでは学問や知識などがそれほど役に立つとは思えません。自分の死に直面すると、人間一般の死の定義など、どうでもよくなってくるという気もする。

正直なところ、私にはいまだに自分の死というものへの実感がありません。そんな私にとって「今　見ヨ」という言葉は痛い。「イツ　見ルモ」と重ねて言われると首がすくむ。ここで問われているのは自分ただひとりの生死《しょうじ》の問題であって、それが見えていない。

死の問題を考えることは、生の問題に関わっています。たとえば、「後生《ごしょう》の一大事」という文句が示しているのは、生から死へ、ではなく、生から生へが大事なのだ、ということだろうと思う。それを、「イツ　見ルモ」と問われている気がしてならないのです。

生から生へ。そのことがいつか実感されれば、どれほど心強いことでしょうか。しかし、いつかでは遅い。「今　見ヨ」ということが大事なのです。その声に立ちすくみながら、しかし、むなしく「今」が過ぎていく。

確かなことは、死は自分ただひとりの死だということです。人間一般の死でもなく、過去のどの人物の死でもない。あらゆる他人の死は参考になりません。その点だけは見えてきたような気がしています。

84　中高年の自殺の原因は不況ではない

いまの日本の状況というのは、未曾有《みぞう》の事態だと思います。政府の最大の課題とは、有事における国民の生命と財産を守ることです。けれども、考えてみると、国民の財産はこ数年間、無防備でいっさい守られてこなかったのではないでしょうか。

金利はあいかわらず低水準のままです。ペイオフもおかしなやりかたで導入されました。株価は低迷しています。銀行への公的資金投入の問題にしても、年金の問題にしても、国民の財産は無茶苦茶《むちゃくちゃ》にされたといっていい。

では、国民の生命は守られているでしょうか。一九九八年に年間の自殺者数が過去最高の三万二千八百九十三人に達して以来、四年連続で三万人を超えました。この四年間だけで約十三万人の人びとが自ら命を絶っているのです。とくに中高年男性の自殺が多い。このことについてのマス・メディアの扱いは不当に小さいのではないでしょうか。

一時期は「交通戦争」などといわれていましたが、最近の交通事故による死者は年間九千人台で、自殺者の三分の一以下です。三万人という数字は、約七千人の犠牲者を出した阪神・淡路大震災クラスの地震が、毎年四回以上起こっている計算になる。約二十万人の死者を出したといわれる広島規模の原子爆弾が、六〜七年に一度の割合でこの列島に落ちているといってもいい。この長寿大国で、年間三万人を超える人たちが自殺をするという事態は、日本が神代《かみよ》以来はじめて経験することなのです。

政府は、アメリカで起きた9・11同時多発テロ事件以後、テロ事件を想定して、有事関連法案の成立を目指しています。しかし、まさにいまが有事なのです。私たちはいま、「こころの内戦」という戦争の渦中《かちゅう》にいるのだといわざるをえません。

四年連続して自殺者が三万人を超えたことを、新聞では「不況に苦悩する中高年」とか「経済・生活問題が動機」というふうに解説しています。しかし、それは違うのではないでしょうか。一九九八年以前でもっとも自殺が多かったのは一九八六年です。当時の日本はバブル経済の坂を登りかかって急速に加速しつつありました。好景気にわいていた時期に、かつて例を見ないほどの大量の自殺者が出ていたのです。

一度はバブルの最中に波があって、人は死にたいと思った。今度は不況のまっただ中で、また死にたいと思っている。やはり、人間のこころの問題を短絡的に経済に結びつけるのは間違っているのではないでしょうか。自殺の原因は不況ではない。やはり、日本はじまって以来の魂の危機にあると思えてなりません。

85 自分の命が軽いと、他人の命も軽い

自殺の増加と連動して、さまざまな事件や出来事が起こっています。それらをふり返って見ると、じつに難しい問題をはらんでいるような気がしてなりません。

一九九〇年代に急速に普及してきたことのひとつに、臓器移植《ぞうきいしょく》があげられるでしょう。自分が脳死状態になったら臓器を提供してかまわない、という意志表示をするのがドナーカードです。これを持つことはヒューマンな行為であるとされています。

その一方で、人体をバラバラにしたり、死体を損傷する殺人事件が目立って増えてきました。あるいは、人を殺すことをなんとも思っていないような犯罪が次々に起きています。神戸の「酒鬼薔薇《さかきばら》」と名乗った少年による連続殺傷事件、「人を殺してみたかった」という愛知の十七歳の少年が起こした殺人事件、武富士弘前《たけふじひろさき》支店で起きた強盗放火殺人事件、そして、大阪教育大学教育学部附属池田小学校で児童八人が殺害された事件……。まだ数えあげればきりがありません。

つまり、遺体を「モノ」であると考える風潮のなかで、そういう犯罪が増加するという

現象と、自殺の増加との関連性がかすかに見えてくるように思います。

臓器移植によって命が助かる人がいる。そのため、心臓が動いていて温かみがある脳死状態の肉体が死体として処理されても、それは〝いいこと〟だとされる。しかし、テレビのニュースなどで、移植される臓器が発泡スチロールの四角い箱にいれられ、ヘリコプターで運ばれる様子を見ていると、どうも違和感を感じるのです。

黒塗《くろぬ》りの漆《うるし》の箱にでもいれて厳粛《げんしゅく》に捧《ささ》げ持って運ぶべきだ、とは言いません。けれども、生きた人間の尊い臓器をモノとして扱っている、という感じをどうしても抱いてしまうのです。そうしたことを見聞きしているうちに、人間の命に対する尊敬の念が薄れていってしまうのは当然のことかもしれません。

年間三万人以上という自殺者数は、自分の命が軽くなっていることを物語っています。自分の命が軽いということは、他人の命も軽いということにほかなりません。自分の命も簡単に放棄できる半面、たとえば、邪魔な人間とか憎い人間に対して腹が立ったときなどに、無差別に命を奪ってしまう。

このように、自殺が増加するということは、他人の命を奪う犯罪行為が増加していくことにもつながっています。私たち日本人は、まさに内外から生命の危機にさらされているのです。

86　人の死も少しずつ完成していく

いま、時代の趨勢《すうせい》は、合理主義が大切であり、すべてにおいて効率が優先されるという価値観になってきています。

医学の世界でも、臓器移植というのは医学の合理化や効率化を図るということです。要するに、脳が死んだ人間の器官を無駄《むだ》にせず、尊い人命を救うために有効に利用しようということにほかなりません。

有効利用という言葉には、なにか非常に合理的な響きがあります。脳死を認める考えかたには、遺体という観念が薄い。実際、臓器移植の世界では「フレッシュな内臓」といういいかたをするし、その内臓を取りだすことを「ハーベスト（収穫）」というそうです。

命が失われたものを〝モノ〟と認識するのは現在の社会の常識です。モノだからどう扱ってもいいとなれば、当然、死者の臓器が有効利用されるのは理にかなっている。そこには遺体に対する根源的な畏《おそ》れがなく、基本的に部品の取り替えが可能であるという〝人間機械論〟が働いているのです。

しかし、臓器移植が非常に短い期間で社会に定着してきたことと、人体や遺体をまるでモノのように扱う凶悪犯罪が目立ってきたこととは、やはり偶然の符合とは思えません。遺体をバラバラに切り刻んだり、生きた人間にガソリンをかけて焼き殺すといった乾《かわ》いた感性と、人体を機械のように見る感覚とは、ひょっとするとつづきの世界ではないか、という気がしてなりません。

人はオギャアと産声《うぶごえ》をあげた瞬間が生の瞬間ではないのです。受胎《じゅたい》してから十月十日《とつきとおか》をかけて、少しずつ生を完成していく。同様に人の死も臨終を迎えた瞬間が死の瞬間ではない。人びとの記憶のなかから少しずつ遠ざかっていく死の猶予《ゆうよ》期間みたいなものがあるのだと思うのです。その期間、人びとはその死を悼《いた》み、敬愛の念をこめて遺体を葬る。

そういう気持ちが社会に色濃くあったならば、自然に、人を死に追いやることに対しても慎重にならざるをえないのではないか。

私たちの世界に合理化が必要であることはわかります。しかし、行き過ぎた合理化を一方的に進めていくのは文化ではありません。私は、人間のカルチャーというのは〝度〟を知ることだと思っています。臓器移植法は成立した。ただし、法律一辺倒に傾いてしまうのも、また後《おく》れた文明。法律は法律で尊重しながらも、そこに人間的な情状《じょうじょう》酌量《しゃくりょう》のふくらみをどこまで認められるかこそがカルチャーではないでしょうか。

87 命を捨てるより自己破産の道を

自己破産の申し立て件数が、六年連続で過去最多を記録したそうです。

数年前までは年間四万人台でした。それが、一九九六年にはじめて五万人を超えると、九八年には十万人の大台を突破。ついに二〇〇一年には十六万四百十九人に達しました。二〇〇〇年は十三万九千二百八十人だったので、前年比十五・二パーセントの伸びです。

自己破産をする人の年齢層は、三十代から五十代が中心です。いわゆるサラ金、つまり消費者金融を利用して借金を抱えこんだ債務者が、この働き盛りの世代だということでしょう。リストラや給与の減額で、住宅ローンなどが払えなくなるケースも多いらしい。

こうしてみると、まさに日本の壮年世代が追いつめられて自殺を考えたり、自己破産の問題に直面しているのだと見ていいでしょう。

この自己破産ということを、いったいどう受け取ればいいのでしょうか。

意見はさまざまにあるでしょうが、私はこれを是《ぜ》とします。自己破産にいたる経緯《けいい》は別として、窮地《きゅうち》に追い込まれて命を捨てるよりは、自己破産の道を選んだほうがずっといい。もちろん、社会的な名誉、信用、体面、友情、さらには諸権利など、失うものは非常に多い。精神的にもたいへんな苦痛でしょう。その苦痛に耐えきれない人も多いに違いない。しかし、命がある限りは再生のチャンスが必ずあるはずです。

自己破産の選択は勇気を必要とする行為です。しかし、決して自己の存在まで抹殺《まっさつ》するものではありません。失業しようと、ローンを抱えていようと、命までよこせ、と迫《せま》られているわけではない。そう図太く開き直って生き残っていく覚悟を持つべきではないか。

人間の一生とは、じつは苦しみの連続です。「生《い》きて存《あ》る」ということ自体が、悪をはらんでいる。私たちすべては、一生手を汚さずに生きていくことはできません。組織に属していれば否応《いやおう》なくそうした場面に直面する。

では、組織から抜ければ一点のやましさも感じることなく生きられるのか。それも不可能です。私たちが生きていることそれ自体がすでに地球環境を汚している。あるいは、自分より弱い生物を犠牲にして命を維持している。清廉潔白《せいれんけっぱく》に生きられる人間などいません。

それならいくら借金をしても自己破産という解決を図ればいい、と開き直る考えかたもでてくるかもしれません。しかし、それはやはり違うと思う。いっさい手を汚さずに生きることはできない。しかし、開き直ってすすんで悪を為《な》すのでもない。私たちはその狭間《はざま》で生きていかなければなりません。だからこそ、人は悩むわけです。

88　自殺する猿より生き残る豚《ぶた》のほうがいい

ヨーロッパの近代思想はアニミズムを後《おく》れた意識として批判します。そして「人間は人間らしく生きるべきだ」という。その考えかたからすると、人間が「豚《ぶた》のように生きる」とか「蟻《あり》のように生きる」ということは、非常に軽蔑《けいべつ》すべきことになるのでしょう。

しかし、私はそれこそが古い考えかただと思う。一本の草やひとつの石ころにも生命があり、宇宙の意志が宿っていると見るのが日本人です。人間と他のもののあいだに命としての差はない。豚も蟻も命としては同じ。そう考えない限り人類に未来はないでしょう。

人間のなかに善と悪が共存しているように、「よく生きること」と「生きて存在すること」もまた、二重螺旋《らせん》構造のかたちをとって共存している。どちらも大事なのです。それに対して「人間らしく生きなければ生きる資格はない」などと一方的に断定するのは、間違っています。人間の生命は、いかに人間らしく生きるかという方向を志向する本能的な力をもっている。私はそう考えるのです。

私たちが置かれているいまの状況は、非常に厳しいものです。経済は未曾有《みぞう》の危機に陥《おちい》り、グローバリゼーションを押しつけられている。命の価値が軽くなり、人間存在の根本条件が危《あや》うくされている。

そういう時期に「いかに生きるべきか」だけを大声で唱《とな》えていていいものか。「豚のように生きるのでは、人間として生きる資格がない」と叫ぶことは、ますます自分の生命を否定していく考えかたにつながっていくような気がします。いまのこの状況で本当に大事なことは、「いかに生きるべきか」だけを優先して考えることではない。「自殺する猿より、生き残る豚のほうが正しい」と覚悟を固めることこそが大切なのだと思うのです。

ドストエフスキーの『罪と罰』の主人公のラスコーリニコフは老婆を殺します。それは、こんな老婆は生きている資格がない、だからこの世から消えても当然だと考えるためです。その考えかたは、思想の深いところに達するひとつの閃《ひらめ》きではあったでしょう。ドストエフスキーは十九世紀に生きていながら、「人間とはなにか」という二十世紀の大きなテーマを大胆に描きだしました。しかし、もう私たちはすでに、ドストエフスキーをひとつの道程《どうてい》として見るべきところまで来ているのではないか。

二十世紀はドストエフスキーの時代でした。しかし、二十一世紀はトルストイが問われる時代だろう、という予感が私にはある。それはトレランス（寛容）、そして共存ということが二十一世紀の最大のテーマだという気がするからです。

89 肩書《かたがき》に頼らずに生きていく道を探しだす

以前、私はアメリカの作家、リチャード・バックの『かもめのジョナサン』という小説の翻訳をだしました。そして、三十年近い時を隔《へだ》ててふたたび鳥の物語を書いた。ブルック・ニューマンという人が書いた『リトルターン』を翻訳したものです。この二冊は、まさに時代というものが書かせた本だという気がしています。

『かもめのジョナサン』は颯爽《さっそう》とした物語です。まっ白なカモメが、やはりまっ白な仲間とともに、キラキラと輝きながら青空の彼方へどこまでも飛翔《ひしょう》していく。黒やグレーのカモメは登場しない。女性もでてこない。すべて男性の物語で、偉大な高みへと挑戦していくというヒロイックな寓話《ぐうわ》でした。

主人公のカモメは、下界で魚の切れっぱしを漁《あさ》っている仲間を低く見る。そして、カモメの大衆社会から離脱し、エリートの道を進んでいくのです。つまり、自分が努力してがんばれば無限の可能性がある、とあの物語は教えている。いわば草創期《そうそうき》のベンチャー起業家たちを勇気づけるような物語でした。

この本がでたのは一九七四（昭和四十九）年です。ひたすら高度経済成長を謳歌《おうか》してきた日本が、石油ショックによる不況に見舞われたときでした。当時の日本社会にこの本が受けいれられたのは、こうした高揚感を伴う前向きな内容だったからでしょう。

とはいえ、高い場所から人びとに呼びかけるような響きに、なにかしら私はアメリカの人びとの潜在的な願望を感じたものでした。そして、その行く先にはなにか恐ろしい予感がする、とこの本の「あとがき」でも書いています。

一方、今度の『リトルターン』の主人公は、カモメのように格好いい鳥ではありません。リトルターンというのは「コアジサシ」です。小さくて地味な鳥なのです。

そのリトルターンがある日突然、空を飛べなくなってしまう。彼は困惑《こんわく》して、体のパーツが壊れたのかなと思って調べてみますが、どこにも異常はない。ということは、自分の内面がおかしくなったに違いないと考えて、苦闘《くとう》するというよりは茫然《ぼうぜん》として浜辺で日々を送っているのです。

リトルターンはいったいなにを象徴しているのか、とよく聞かれます。飛べなくなった鳥。日本社会でいえば、リストラなどの厳しい現実にさらされている中高年サラリーマンでしょうか。

たとえば、一流企業といわれるところに勤めていて、立派な肩書《かたがき》を持っていた人が、ある日突然解雇されてしまう。これは、いまの日本では少しも珍しくない話です。そういうときに、解雇された人は、自分がいかに肩書というものに依存していたかをひしひしと感じるに違いない。

飛べなくなったリトルターンは、そんなふうに社会的立場を喪失してしまった人間を象徴する寓話《ぐうわ》かもしれないと思います。

じつはこの原作は、二〇〇一年九月十一日にアメリカで起きた同時多発テロ事件の前に書かれていました。原著者には、なにか予感めいたものがあったのかもしれません。

予定では二〇〇一年十一月に日米同時出版するはずでした。そして、アメリカで大きなキャンペーンをやるという話だったのですが、テロ事件の影響でアメリカでの出版は延期されることになった。数多くの犠牲者を出したアメリカが、これから団結して立ち上がろうというときに、飛べなくなって困惑している鳥の本など出版してもしかたがない、ということだったのでしょう。結局、日本で先にだすことになったわけです。

ところで、これも鳥の話ですが、「作家カナリア説」というのがあります。多少誇張された話かもしれませんが、炭坑の坑夫《こうふ》たちが作業をするときにカナリアを鳥かごにいれて連れていく。もし酸欠《さんけつ》状態になったり有毒ガスが発生すると、カナリアはバタバタと騒ぎはじめる。それで異変を察知して坑夫たちは撤退《てったい》する、というのです。

つまり、作家というのはこのカナリアのようなもので、時代の変化を人一倍敏感に感じて騒ぎたてる存在だ、ということでしょう。

あのテロ事件を通じて、グローバリゼーションの弊害《へいがい》が指摘《してき》されています。『リトルターン』の原著者には、もう世界は行きつくところまで行きついた、という感覚があったのではないでしょうか。

『かもめのジョナサン』から三十年後のいま、日本のビジネス社会には飛べなくなった鳥、リトルターンがあふれているような気がします。

飛べなくなったリトルターンはどうするのでしょうか。あの本では、彼はユウレイガニという変なカニや、砂の上に咲く花や、チョウなどと出会う。そして、飛べなくなった自分の状態をあるがままに受けいれることができました。そのとき、気がつくと彼はふっと自然に空を舞っていた。ふたたび飛ぶことができたのです。

『リトルターン』はこんな物語です。失った肩書《かたがき》を取り戻す努力をするのではなく、肩書に頼らずに生きていく道を探しだす物語だ、という気がします。

90　失うことの勇気、捨てることの勇気

古い仏教の言葉に「横超《おうちょう》」という言葉があります。

問題を解決しようとしてまっすぐ進んでいったときに、どうしても突破できない高くて厚い壁があったとする。そうした際に、いったん曲がって道を横にそれてみる。壁の前で座りこんで挫折《ざせつ》するのではなく、一度大きく遠回りしてみたり、壁の下を掘り進んでみる。それが「横超」の考えかたです。

深刻な悩みを抱えて、もう死にたいと思いつめている人たちや、どうしたらいいのかと茫然自失《ぼうぜんじしつ》している人たちには、この「横超」の考えかたをぜひ思い起こしてほしいと思います。もう出口はないとあきらめてしまっては、なにも解決できません。どこかにきっと出口はあるのです。

放棄できるものはすべて放棄してしまえばいい。放棄するのは恥でもなんでもありません。本来、人間は裸で生まれてきた。自己破産や離婚や失業ぐらいどうということはない、と考えたほうがいい。

自己破産を選択すれば、人から蔑《さげす》まれ、体面や信用が壊れるかもしれない。家庭も崩壊《ほうかい》するかもしれない。それでも、離婚してもいいし、家出してもいいから、どんな形であっても人は生きのびるべきだと私は思います。

いわば「マイナスの勇気」とでもいえばいいでしょうか。失うことの勇気、あるいは捨てることの勇気。そうしたものが、これからの時代には大事になってくるのではないでしょうか。

私たちは戦後五十数年間ずっと、日本国憲法が保障する文化的で健康な生活を営《いとな》む権利があると考えてきました。そして、人権や福祉というのは、誰もが与えられた権利として享受《きょうじゅ》できるものだと思いこんできました。しかし、じつはそうではない。

世の中というものはもともと無茶苦茶《むちゃくちゃ》なものです。国家が一般の民衆のために存在したことなど、歴史のなかに一度としてありません。組織にしろ個人にしろ、その内側には「悪」が必ず背中合わせに存在している。そう考えていたほうがいい。

いまは乱世のように大変な時代です。そのなかでは、どういうかたちであれ生き抜いたほうが勝ちだ、と覚悟を決める。生き抜くためには、所属する組織も家族も交友関係も、あるいは自分のプライドや世間体なども捨て去ってしまう。そして、一人の人間として生き直す。それくらいの心構えを持って生きる必要があるのではないでしょうか。

91 「悲」の力の大きさを見直そう

いま、人間同士のこころの絆《きずな》が薄れつつあるように見えます。そのなかで、私たちはなんとか、新しい絆をつくっていかなければならないのではないか。

たとえば、「慈悲《じひ》」という人の情があります。この言葉自体、最近はあまり耳にしなくなりました。私は「慈悲」は父親の愛情、「悲」は母親の愛情ではないかと思う。「慈悲」は、このむしろ相反《あいはん》する意味を持つ二つの語を一緒にしたものなのです。

「慈」というのは血縁に代わる新しい絆でしょう。みんな「人間」という家族なんだ、という考えかたから生まれてくる愛情です。ヒューマンで理性的な励ましともいえます。

一方、「悲」は思わず知らず、体の底からあふれ出てくるうめき声に似た感情だと思います。つまり、前近代的で本能的で無条件の愛情です。人間の運命を感じ取り、その重さに泣く、つまり共感するということなのです。

阪神・淡路大震災のとき、テレビのインタビュアーが被災者の人たちにマイクを向ける光景がテレビに映っていました。そのインタビュアーは、子供を亡くしたばかりの母親に向かって「いまのお気持ちは？」と質問して、最後に「がんばってください！」と言って立ち去ったのです。

それを見たある作家が憤慨《ふんがい》して、「『がんばれば死んだ子が戻ってきますか？』と言われたら、どう返事をするんだろう」と言っていました。

「慈」は、再起しようという気持ちや能力がまだ残っている人にとっては大切です。「がんばれ」と励まされることで、もう一度立ち上がることができるからです。けれども、もう自分は立ち上がれないし、生きなくてもいい、という絶望のどん底にある人に「慈」はむしろ逆効果になることもある。

家も財産も失い、家族の命まで奪われて茫然《ぼうぜん》としているような母親に対して、「大丈夫、すぐに次のお子さんが生まれますよ」なんていったい誰が言えるのでしょうか。

そんなときにできるのは、なにも言わずに涙を流し、そばで深いため息をつくことくらいです。相手の悲しみや痛みを軽くしてあげられないという己《おのれ》の無力さに、思わずこころの底からため息がわきでてくる。これが「悲」というものなのです。

誰かが自分と同じように悲しんでくれていると感じることで、こころの痛みは軽くなります。やはり、人間はどこかでそういう無条件の愛情を求めている。私たちは、無力に見える「悲」の力の大きさを、もう一度見直すべきときなのかもしれません。

92 己《おのれ》の罪を自覚せよ、己は悪人である

昨年二月、日本の高校生を乗せた実習船「えひめ丸」が、アメリカの原子力潜水艦に誤って衝突《しょうとつ》されて沈没するという悲惨な事件が起こりました。そのとき、犠牲者全員の遺体引き揚げを求める日本人と、魂はもう天国へ行ってしまっているのになぜボディにこだわるのか、というアメリカ人の反応は対照的でした。

そのころ、ルース・ベネディクトの『菊と刀』がアメリカの書店の店頭に並び、日本でも翻訳本が売れてふたたび話題を呼びました。「日本人とは何か」ということが、戦後五十数年たって、あらためて欧米でも話題になったわけです。

ルース・ベネディクトの日本人研究は、戦争中に行われた敵国民についてのリサーチでした。それが、戦後に日本でも『菊と刀』というタイトルで翻訳が出版されて、当時もさまざまな反響を呼び起こしました。

そのなかに、これは枝葉の部分だとは思いますが、日本人というのは基本的に恥を知り、名誉を重んずるが、罪の意識に欠けている民族である、という指摘《してき》があった。欧米人

は「罪の文化」、日本人は「恥の文化」だと対比させて論じたわけです。たとえば、侍《さむらい》は主君の名誉をけがされたときに命がけで復讐《ふくしゅう》する。あるいは、自分の名誉が傷つけられたときに切腹《せっぷく》して恥辱《ちじょく》をそそぐ。日本人はあくまでも対社会的な行為として、己《おのれ》の恥を意識し、名誉を重んずる。つまり「恥の文化」だという。

一方、罪というのは神と人との一対一の関係です。そのため、一神教《いっしんきょう》のキリスト教やイスラム教のように絶対神を持たない日本人は、誰も見ていないところでは罪の意識を持たない、という。この『菊と刀』の指摘は非常に大きな影響があったと思います。しかし、こうした見かたに対して私は反発するところがありました。

これまでのアメリカの日本人論の理解の根源になっている古典的な書物は、この『菊と刀』のほかに三冊あると思います。いずれも英語に堪能《たんのう》な日本人の手で書かれたものです。

一冊は鈴木大拙《すずきだいせつ》の『ゼン・アンド・ジャパニーズ・カルチャー』(邦題《ほうだい》は『禅と日本文化』)。彼はアメリカで禅に関する講演もさかんに行い、文章も英語で巧《たく》みに書いています。そのため、影響力も大きかったようです。日本の仏教のなかでこれほど禅が海外に知られたのは、鈴木大拙の貢献にほかならないでしょう。

あとの二冊は、それより早く明治時代に英語で書かれた新渡戸稲造《にとべいなぞう》の『ザ・ソウル・オブ・ジャパン』(邦題《ほうだい》は『武士道』)と岡倉天心《おかくらてんしん》の『ザ・ブック・オブ・ティー』(邦題は『茶の本』)です。つまり、禅と武士道と茶道が日本の文化や日本人の思想を代表するものとして、早くから海外に紹介されてきたわけです。

しかし、禅というのはどちらかといえばハイソサエティの宗派です。農民や遊芸の民などにはあまり関係がない。武士道というのも、武士は少なくともマイノリティであって、そのなかのモラルです。茶道も、草創期《そうそうき》は別として、新興ブルジョワジーのたしなみとして贅《ぜい》を競うようになってきたものです。二千万円もするような茶道具など、はっきりいって庶民大衆には関係ない世界でしょう。

そんなふうに考えてみると、ハイソサエティ以外の人びと、つまり、ピラミッドの七合目から下の日本人の精神とか魂というものは、ほとんど分析されていないのです。

日本人は本当に「恥の文化」の民族なのか。

そんなことはない、と私は思います。たとえば、罪の意識というのは、ごくふつうの日本人の心にも存在している。よく「御天道様《おてんとうさま》に顔を向けられない」とか「そんなことをすると天罰《てんばつ》が当たる」というのもそういうことでしょう。

また、近松門左衛門《ちかまつもんざえもん》が書いた浄瑠璃《じょうるり》の脚本や歌舞伎には、「南無阿弥陀仏《なむあみだぶつ》」という台詞《せりふ》がくり返し登場します。夏目漱石《なつめそうせき》の『吾輩は猫である』では、主人公の猫が水がめに落ちて死ぬところで終わりますが、そこでは猫が「南無阿弥陀仏」と言っている。

「南無阿弥陀仏」と称《とな》えるのは、いまでも日本ではもっともポピュラーな宗派である浄土真宗です。真宗はヨーロッパの宗教革命に先立つ十二、三世紀の法然《ほうねん》にはじまり、親鸞《しんらん》に受け継がれました。そのなかでは「罪業深重《ざいごうじんじゅう》のわれら」ということを強く言っている。

つまり、われらは罪びとである、と。そして「悪人往生《あくにんおうじょう》」ということを言うのです。われらは悪人である、悪を抱えた己《おのれ》を自覚せよ、というのが真宗の基本の思想です。

その教えを無言のうちに体得しながら、己の悪を恥じつつ、救済を求めて生きてきた日本の民草たちがたくさん存在している。いまもなおそうした人びとがたくさんいる。そこでは、恥よりも罪の意識のほうが大事だと言えるのです。

つまり、己の罪を自覚せよ、己は悪人である、というところから「南無阿弥陀仏」という念仏がはじまると言っていい。

そういう日本の庶民の思想というものが、欧米ではほとんど視野に入っていない、というのが私は不満でした。『TARIKI』（ジョセフ・ロバート訳）という英語版の本を出したのは、その部分を強く訴えたかったからなのです。

93 日本人はきわめて情熱的な国民だった

「隠れ念仏」の歴史を調べていくと、死を恐れずに、磔《はりつけ》や打ち首になりながら、三百年ものあいだ自己の内面の信仰を守りつづけた日本人がたくさんいました。それも、歴史に名を残した英雄などではなく、ごくふつうの農民や下級武士たちです。

彼らは、藩の禁制に逆らって、「逃散《ちょうさん》」というかたちで村をあげてよそへ移住することもしました。あるいは、権力者に対して一向一揆《いっこういっき》を起こすこともあった。そういう凄絶《せいぜつ》な戦いのなかでも信仰が守りつづけられてきたというのは、すごいことだと思います。

そこまでして彼らが守ろうとしたものは、いったいなんだったのでしょうか。

加賀《かが》の一向一揆にしてもそうです。いまの石川県の金沢では「加賀百万石」の栄華《えいが》を誇った前田《まえだ》家がもてはやされています。しかし、前田利家《としいえ》がいわば加賀へ赴任してくる前、いまの金沢城址《じょうし》のところには、金沢御堂《みどう》と呼ばれた立派な寺がありました。

その寺を中心にして一向一揆によるコンミューン、「百姓ノ持《もち》タル国」と称《しょう》された民衆の共和国が百年近くも存続していたのです。金沢という都市の原点はそこにある。

ところが、一向一揆というのは、いわばお上《かみ》に逆らった歴史です。そのため、地元でもどこかそれを語りたがらない風情《ふぜい》があります。

こんなこともありました。金沢郊外に、一向一揆衆が守護大名の富樫《とがし》氏を攻め滅ぼした山城の跡があります。私が金沢に住んでいたころ、そこには「百姓ノ持タル国」の沿革が書かれた大きなモニュメントがあったのです。しかし、久しぶりに見に行ってみると、いつの間にか跡形もなく撤去《てっきょ》されてしまっていました。

また、現在の金沢城址を訪ねても、金沢御堂があった当時の面影はほとんど残っていません。わずかに、金沢御堂の礎石《そせき》ではないかといわれている大きな石がぽつんとひとつあるだけで、それについての案内板などはまったくない。

日本人の歴史のなかで、官に逆らったりなにか自発的に攻撃的な行動をしたようなことは、行政がその記憶を抹殺《まっさつ》しようとしているのではないか、とさえ思えてきます。そういうものを私たちはきちんともう一度掘り起こすべきではないか。それは逆に、日本人の大きな活力を呼び起こすような気がします。

昔から「日本人はおとなしい」とよくいわれます。これほど金利が安かろうが、政府がなにをしようが、従順で怒らない国民はめずらしい、ともいわれます。けれども、本当はそうではなかった。日本人はきわめて過激な、情熱的な国民だったのです。

94　朝晩きちんと仏壇《ぶつだん》を拝《おが》む日本人

金沢で毎年、サマーキャンプという催しが開かれています。これは、日本に来ている留学生が数百人集まって、ホームステイなどいろいろなことをするイベントです。

そこで講演を依頼されたのですが、私は留学生たちにこんな話をしました。

「皆さんがたは金沢に来たのですから、友禅《ゆうぜん》とか九谷焼《くたにやき》とか、いろいろな伝統工芸をご覧になるでしょう。それなら、金沢の古いお宅を訪ねていってみてください。そして、すみませんがお宅に仏壇《ぶつだん》はありますか、あったらちょっと拝ませてください、といって上がらせてもらいなさい。金沢の古いお宅で、仏壇のない家はまずありません。それは金沢だけじゃなくて、新潟も富山も福井も北陸はどこでもそうなんです。東京とか大阪のマンションにはないかもしれませんが、戦災にあっていない日本の古い家にはたいてい仏壇があります。本家には仏間というものまである。それをぜひ一度見てください」

すると、彼らはみんなあちこち訪ねていって、はじめて仏壇を見てびっくりして帰ってきました。あまりにも都会を中心につくられた日本のイメージがあって、日本人は宗教を持たないとか、無宗教な民族だ、と思っている外国人は多い。それが、一軒一軒の家のなかに仏壇があって、いまでも朝晩きちんと拝んでいる人がたくさんいる。

昨年、ニューヨークで『大河の一滴』の映画の上映会をやったときにも、「あれはなんだ?」という質問を受けました。そこで仏壇について説明すると、アメリカの人たちはみんな驚いている。「教会を自分の家に置いているようなものですね。われわれは週に一回さえ教会へ行かなくなったのに、日本人はなんと信仰心の篤《あつ》い国民だ」というのです。

サミュエル・ハンチントンの『文明の衝突《しょうとつ》』では、日本は宗教を持たない特殊な国に分類されています。しかし、いまも約六十五パーセントの日本の家庭には仏壇がある。毎年、正月三が日には三百数十万人もの人たちが明治神宮に押しかける。そんな国が〝無宗教〟はないだろう、冗談じゃない、と私は不満なのです。

しかも、いちばんの不満は、日本人自身もそうだと思いこんでいることです。実際に日本の各地を自分の足でたずね歩いてみれば、日本人が無宗教な国民だなどとは誰も思わなくなるはずです。人びとがいかに自分たちの信仰を守りつづけているかという光景は、感動的でさえあります。

私自身、そのように旅をしているうちに、自分の宗教観が大きく変わりました。そして、「日本」というものもまったく別のかたちで見えてきたのです。

95　ゴーンさんの大リストラは神の意志

不況にリストラ、家庭崩壊と、中高年サラリーマンを取りまく環境は、一段と厳しくなってきています。自殺者の多くも中高年層です。なぜ、彼らはこれほどまでに死に急ぐのでしょうか。この豊かな国で、なぜこんなことが起こっているのでしょうか。

そう考えたとき、教育と宗教の責任は大きいと思います。たとえば、ヨーロッパのカトリックの信者の場合、苦しみや悩みを抱えたときは教会へいって神父に懺悔《ざんげ》をする。あれで、ずいぶん精神のバランスが取れているのではないでしょうか。一方、プロテスタントが多いアメリカでは、精神分析医が神父の代わりをつとめているといわれています。

しかし、日本にはこうした神父や精神分析医に相当する人が存在しません。結局、いまの日本では、こころの問題が本格的な取り組みとして行われていないのです。

ビジネスの世界に目を転じても、やはり欧米人と日本人の違いを痛感させられます。たとえば、カルロス・ゴーンは日産自動車社長に就任して以来、欧米型の大胆なリストラを断行して同社の経営再建に成功しました。さまざまな批判を浴びたなかで、一万二千人の人員削減を実行し、五つの工場を閉鎖したのです。

ここから見えてくるのは、資本主義の根の部分にある精神の構造です。西欧の才である資本主義には明確な精神がある。アダム・スミスが説いたように、市場原理の背後には「見えざる神の手」が存在し、市場が修羅《しゆら》の巷《ちまた》になるのを防いでいる。それはすなわち、資本主義の背後には確固たる宗教観がある、ということにほかなりません。カルロス・ゴーンという人も敬虔《けいけん》なカトリック信者だということです。

マイクロソフト会長のビル・ゲイツは、信じられないほど巨額の寄付を行っています。「世界一の富豪《ふごう》」は「世界一の慈善家《じぜんか》」と讃《たた》えられているわけで、いくら強引なビジネスをしていても、一方ではそうやって自己の精神のバランスを取っているのでしょう。

彼らには「多くを稼ぐことは悪ではない。多くを貯えるのも悪ではない。ただし、多くを施《ほどこ》すことを忘れないならば」というプロテスタント的な倫理《りんり》観がある。そうでなければ、あれだけ強引な仕事はできないはずです。

そうした確固たるバックボーンを持っていて、自分がやっていることは神の意にかなうことであると考え、ビジネスに乗りだしてくるのが欧米人です。それに対して、いまの日本のビジネスマンははたして互角《ごかく》に渡りあうことができるでしょうか。日本人は彼らのようなミッションや信念を持っているでしょうか。

96 「ベニスの商人」が日本へやってくる

意外に誤解している人が多いのが、シェークスピアの『ベニスの商人』のタイトルです。これは、強欲なユダヤ人の金貸しシャイロックのことではありません。「ベニスの商人」とは、ベニスのビジネスマンであるアントニオのことです。彼は金に困った親友のために義俠心《ぎきょうしん》を発揮し、自分の肉体を担保《たんぽ》に連帯保証人を引き受けました。

当時、未知の大洋を渡り、新天地に交易《こうえき》の夢を拓《ひら》こうとする若きベンチャー・ビジネスマンたちがいました。彼らは生命を賭けて、危険に満ちた航海をして新大陸をめざした。そして、もし成功すれば、巨万の富と異国の財貨をヨーロッパにもたらしました。そういう人びとに与えられた栄光の賛辞が「ベニスの商人」だったのです。

その「ベニスの商人」たちを支えたものはなにか。それは、神に祝福された仕事をになうという自信と、キリスト教徒としての使命感だったに違いありません。

いま日本へ乗りこんできている欧米企業のビジネスマンたちは、この「ベニスの商人」の末裔《まつえい》かもしれません。彼らは自分のビジネスを神に対する使命だと考えている。そのため、いかに強引な手段を用いても、うしろめたさを感じることはない。

大洪水で沈みかかった地上から役に立つものだけを〝選別〟し、舟に乗せて脱出する「ノアの方舟《はこぶね》」の物語は、神に祝福された偉業でした。同様に、沈没しかかった企業からは、役に立つものだけが舟に積まれるのです。それは冷酷非情《れいこくひじょう》な行為ではありません。それどころか、神に与えられた神聖なミッションなのです。

その背後にあるものは、思想ではありません。倫理でも、作戦でも、理想でもない。それは、一神教世界の厳しさのなかでおのずとつちかわれた生理的、心理的な感覚です。

そういう欧米のビジネスマンと、日本人は正面から対峙《たいじ》しなければならない。その場合に、たとえ付け焼き刃でもいいから、なにか精神的背景を持つ必要があるのではないか。武士道でもいい。神道でもいい。仏教の家なら宗派ぐらいは確認しておくべきでしょう。

宗教にアレルギーがある人は、そこに近づく必要はありません。ただ朝日の昇るのを見て手を打ち、一瞬瞑目《めいもく》する。夕日が沈むのを見て一日に感謝する。夜空の星を見上げて永遠ということを感じる。それだけでも大事なことです。要は、自分ひとりを超えた大きな存在を感じ、それとともに生きていることを実感すればいいのです。

ともあれ、そうやってまず自己を確立するところから出発する。それが、現代を生きる私たちの再生の道に違いありません。

97　自分の存在が軽く、不安定に感じられるときには

ドイツ語でアウシュヴィッツ、ポーランドではオシフィエンチムと呼ばれるナチスの強制収容所の悲劇は、いまも二十世紀最大の事件として記憶されています。

そこに収容された人びとは、いったいどのような心理状態をたどっていったのか。それを次のように段階的に説明している記録があります。

①恐怖。これから自分がどうなるかとおびえ、不安にさいなまれる。
②怒り。どうして自分がこのような立場に追いこまれたのかと、怒りもだえる。
③反抗。なんとか状況を打開しようと希望をふるいおこして必死で抵抗する。抗議やデモや脱走など。
④絶望。なにをやってもすべて無駄《むだ》であるとわかって、絶望の淵に沈みこむ。
⑤無感動。この状態を説明する必要はないでしょう。そして、最後の五段階目は、そのまま死へとつながってゆく。

いまの私たちの内面がその何番目に相当するかは、それぞれ個人によって違うでしょ

う。しかし、どうやらあきらかに第五段階目にさしかかりつつあるのではないか。憲法が改正されると発表されても、ほとんど無関心にパソコンの前に座っている。あるいは、携帯電話でのおしゃべりやEメールのやりとりに没頭しているに違いない。銀行に預けた預金の利子がゼロパーセントになっても、力なく苦笑するだけ。消費税が上がれば、消費を控えるだけで対応するしかない。そんな寒々とした光景が頭に浮かびます。

ギャグやジョークが弱者の武器となるのは、強い怒りに支えられているときです。無感動の世界では、笑うことすら条件反射にすぎません。

やがて人びとは強い言葉を無意識に求めるようになるでしょう。単純で、明快で、現実的な言葉。その声をくり返し耳にすることで、体が自然に動きはじめる。自分が不確かなとき、人は大きな力強いものに寄りかかることを求めるものなのです。

自分が重ければ、なにかに寄りかかることもない。自己の存在が軽く、不安定に感じられるのは、個人としての〝重し〟がないからではないでしょうか。

その重しとはなにか。それが、私がこの十年以上考えてきたことなのです。

98　明日を読めない時代には、健康と友人が頼りだ

アメリカ覇権《はけん》主義のすごいところは、ドルを世界中にばらまいたことでしょう。それが、世界経済のアメリカへの一極集中につながっている。

いかにドルが強い力を持っているか。じつは、その体制が崩れたときに困るのは、世界的な巨大企業などではないのです。むしろ、世界中の末端の民衆たちがアメリカの好景気を望んでいる。自国の通貨が信用できないロシアのタクシーの運転手とか、イスラムやインドや中国など、そういった国の大衆たちがドルを一所懸命に貯めこんでいるのです。ですから、ドルが下落してまっ先に困るのはその人たちです。アメリカがドルを世界中にばらまいた。その結果、ドルを下落させないように世界中の人びとが心情的に支える、という構造が生まれました。

英語とドルとインターネット。これがいま世界を席巻《せっけん》しています。もし、アメリカが将来、インターネットのシステムそのものに知的所有権を主張しだしたらどうなるか。極端なことをいえば、アメリカがイギリスと手を組んで、英語という言語に対する知的所有権

を主張して課税したらどうなるか。これはありえない話ではないと思います。

たとえば、英語のなかでも学術用語とか専門業界用語というものがある。こういう特殊な言葉に関しては、それを使わなければ論じられないとか、ロケットの設計ができないとかいうことがあるはずです。そこに知的所有権が発生しても不思議ではない。

そんなふうに考えると、私はいま、まさに敗戦直前の日本を見ているような気がします。敗戦直前の新聞の見出しを見れば、アッツ島玉砕《ぎょくさい》、ガダルカナル転進、硫黄島《いおうじま》上陸、本土爆撃が刻々と行われるというように、日本が負けるだろうということは誰でも予想できました。でも、国民にはその実感がなかった。日本が負けるはずがないと思っていたのです。

いまもそうです。日本経済が破綻《はたん》寸前まできていても、誰も自分が引き金を引きたくない。だからマスコミも書かない。評論家も口を閉ざしている。いま、日本が経済的に敗戦するという実感は、ほとんどの日本人にはないでしょう。

敗戦時の経験がある私にはその実感がないことはない。ただし、そうなったときにどうすればいいのか、と考えこんでしまう。現金を持っていても駄目だし、土地や金や株式に投資しても意味がない。敗戦後のことを考えれば、そんなものはみな無駄《むだ》です。

結局、そうなると健康しかない。明日が読めない時代は、頼れるのは自分の身ひとつということです。あとは人脈くらいか。いい友だちを持っていることが大事になるでしょう。

99　自分の天寿《てんじゅ》を知る感覚が大事

論客《ろんきゃく》といわれる人たちが、新聞などにいろいろな予測を載せています。たとえば、一年後はデフレになるのかインフレになるのか、円は上がるのか下がるのか、失業率はどう推《すい》移《い》するのか、総理は替わるのか替わらないのか、等々です。

それなら、一年後に三十人くらいの論客の予測を全部公開して、いったい誰がどれくらい的中したかを採点したらどうか。プロ野球でどのチームが優勝するかを予測して、誰が的中したかをあとで検証するように、あの人はインフレになると言ったのにデフレになった、ということをきちんと採点する。的中率は何パーセントとか、ランキングをだしてみてもいいかもしれません。それくらいの遊びはやってもいいのではないでしょうか。

とはいえ、私はいま「論」というのは無意味な感じがしています。経済や政治の動き、あるいは世界情勢の推移についても、こうした予測というのは、不確定性の要素をまったく含んでいないからです。

たとえば、東海大地震が起こるとか、富士山が爆発するとか、そういう要素は無視されている。もちろんそういうものを含めていたら学問にはならないのでしょうが。

けれども、現実の問題としてはそれはありうることなのです。そのありうることをいれずに人生の計算を、あるいは推移を論じても無意味ではないか。そんなふうに私はふっと思ってしまう。人間だっていつ脳梗塞《のうこうそく》で倒れるかわかりません。突然、癌《がん》になることもある。いろんなことが考えられるのです。

そうすると、明日はどうなるかわからない。いまの論はすべて、このまま推移していくとして、という前提に基づいたものでしょう。

複数の地震学者が、東海大地震は遅くとも二〇一〇年までに起こると発表している。それくらいの可能性があるとしたら、無視するわけにはいかないのではないか。そうすると、すべてのことが不確定になってしまいます。

私はそこで運命ということを考えてしまうのです。人間には与えられた天寿《てんじゅ》というものがある。しかし、もし人為的に無茶《むちゃ》なことをして、酒浸《さけびた》りになったりすれば、その天寿をまっとうすることはできないに違いない。そう考えると、天寿をまっとうするというのが人間のひとつの使命ではないでしょうか。論よりもまず、自分の天寿を知る感覚みたいなもののほうが大事だろうという気がするのです。

100　自分の運命の流れを感じ取れたら

もし、自分の天寿《てんじゅ》というものがなんとなくわかったら、それに合わせた生きかたがあるでしょう。私も、たとえばあと三年とかいわれたら、長い連載などは絶対に引き受けませんし、やることが全然違ってきます。

でも、天寿を読むことはできません。ただし、それを感じる能力というのが動物たちにはあるのではないかという気がします。象は死期が近づくと、群れを離れてどこかへいくといいますし、猫もそういわれている。それと同じように、人間もあと何年で自分は世を去る、ということが自覚できないものでしょうか。

ひょっとしたら、それはわかっているのかもしれません。つまり、体のなかではなにかがそれを語っているにもかかわらず、私たちはそれを聴く耳を持たないだけではないか。そういう感覚が私のなかにはあるのです。

私たちは自分の持っている直感力、感覚というものを研《と》ぎ澄《す》まして、もっと重視すべきではないでしょうか。

いまは情報が多すぎると思います。ですから、自分の直感よりも、外から入ってくるいろいろな情報につい頼ってしまう。情報過多のために、人間の本来の感覚というものは、研ぎ澄まされていくどころか、どんどん鈍《にぶ》っているような気がします。

そのなかで、少なくとも自分の運命というものが、いまフォローの風なのかアゲインストの風なのか、ということくらいは感じることができるでしょう。なにかをやるか、やらないかで迷ったとき、もしフォローの風が吹いていたらやることにすればいい。アゲインストの風のときにはやめて、確信が持てることしかやらないようにするのです。そのくらいの判断は誰でもできるのではないでしょうか。

もし自分の運命の流れ、バイオリズムのようなものを、感覚的に感じ取れるとしたらどうでしょうか。天寿を感じるということもそうですが、生きやすいだろうなという気がします。私も決断に迷うことはたくさんあります。そういうときはいつも一所懸命に考えるのです。やるべきか、やらないべきか、と。

運命も天寿もすべて非科学的な話です。しかし、ブッダという人は約二千五百年も前に、山にも川にも海にも草木にもすべてのものには生命が宿ると考えた。これも、まったく証明できない非科学的な考えです。でも、信仰というのは、なんの証明もないから信仰なのではないでしょうか。そのあたりで、運命ということは宗教と結びつくのだと思います。

《著者略歴》
1932年9月福岡県に生まれる。
生後まもなく朝鮮に渡り47年に引き揚げたのち、早稲田大学文学部露文科に学ぶ。その後、PR誌編集者、作詞家、ルポライターなどを経て、66年『さらばモスクワ愚連隊』で第6回小説現代新人賞、67年『蒼ざめた馬を見よ』で第56回直木賞、76年『青春の門　筑豊編』ほかで第10回吉川英治文学賞を受賞。『青春の門』シリーズは総数2000万部を超えるロングセラーとなっている。
81年より一時休筆して京都の龍谷大学に学んだが、のち文壇に復帰。代表作に『戒厳令の夜』『風の王国』『風に吹かれて』など。小説のほか、音楽、美術、歴史、仏教など多岐にわたる文明批評的活動が注目されている。近著に『蓮如―われ深き淵より―』『生きるヒント』シリーズ、『大河の一滴』『人生の目的』『運命の足音』3部作、『他力』『日本人のこころ』シリーズ、英文版『TARIKI』など。

N.D.C.916　223 p　20 cm

情《じょう》の力《ちから》
二〇〇二年十一月五日　第一刷発行

著者　五《いつ》木《き》寛之《ひろゆき》
発行者　野間佐和子
発行所　株式会社　講談社
〒一一二―八〇〇一　東京都文京区音羽二―一二―二一
電話　編集部　東京〇三―五三九五―三五一六
販売部　東京〇三―五三九五―三六二二
業務部　東京〇三―五三九五―三六一五
印刷所　大日本印刷株式会社
製本所　黒柳製本株式会社

定価はカバーに表示してあります。

ISBN4-06-211380-5

『情の力』を水先案内人にして、シリーズ全6巻を遍歴したい。

日本人がかつて持っていた知られざる豊かな世界、その驚くべき情念と、生き方を探す旅の記録。

1 宗教都市・大阪 前衛都市・京都
ISBN4-06-210505-5

2 九州の隠れ念仏 東北の隠し念仏
ISBN4-06-210508-X

3 信仰の共和国・金沢 生と死の結界・大和
ISBN4-06-210507-1

毎日新聞 より抜粋

新シリーズは〈私の日本放浪の集大成〉だそうだ。作家がこれほどまでに旅の生活を送るのはなぜだろうか。

朝日新聞 より抜粋

隠れた日本の姿を掘り起こしていく作家五木寛之氏のシリーズ『日本人のこころ』（全6巻、講談社）の刊行が始まった。半世紀近く旅をし続けた体験をもとに、東北から沖縄まで各地の歴史に新たな光をあてている。想像力を生かした歴史風土記であると同時に、固定化した価値観を超えていく洞察力を持ったエッセイでもある。